配信せずにはいられない

山田悠介
Yamada Yusuke

3　配信せずにはいられない

空がひっくり返ってしまったみたいに突如雨雲に変わり雨がザッと降り出した。

一秒前の澄んだ世界が嘘のようである。

横浜スタジアム沿いを自転車で走っていた孝広はブレーキを握り空を眺める。

白い吐息と大粒の雨。

悠長に構えているのは孝広ただ一人だった。道行く人たちは雨なんて降るはずがないと油断していたのだろう、誰一人として傘など持っておらず皆一斉に屋根のある場所に駆け込む。まるで妖怪から逃げているかのような必死の形相だった。

孝広は愛用しているリュックサックの中から折りたたみ傘を取り出しさっと広げた。

シンプルな白い傘。

冷雨の中辺りを見渡す。

頬は紅潮し心臓は高鳴っていた。

あいつが現れたんじゃないかって。

何の前触れもない雨は孝平に違いなかった。

間違いなくこの日の降水確率は〇パーセントだった。

どこだ、と思わず声に出た。

あれから五年の歳月が経っている。孝広は十三歳に成長した孝平の姿を想像しながら一人ひとりの顔を見る。

しかし孝平らしき人物は見あたらない。

わざわざ自転車から降りてもう一度周囲を確認したがやはり孝平の姿はなかった。隠れているなら出てこいよ、と孝広は心の中で言った。

雨は大歓迎だが寒さには敵わず孝広は身を縮めながら再び自転車を漕ぎだす。

向かう先はみなとみらい。まだ少し距離がある。

片手で自転車を漕ぎながら、諦めきれず道行く人々の顔を見る。

気配は感じるがどうしても孝平の姿を見つけることができない。

相変わらず傘を差しているのは孝広ただ一人だけだった。


五年前の夏以来孝広は常に折りたたみ傘を持つようになった。絶対に雨が降らない、と気象予報士が言ってもだ。

この五年間のうちに孝平が現れたのではないかと予感したのは今日を入れて三回だ。

初めて気配を感じたのは中一の冬だった。今日みたいにとても寒い日で、雲一つない晴天だったにもかかわらず急に空が薄暗くなり雨が降ってきた。

絶対に孝平だと確信したが結局見つけられず肩を落として家に帰ったのを憶えている。

二度目はそれから一年後の秋。体育の授業中突如雨が降り出した。その日、気象予報士が降水確率〇パーセントだと言っていたのが頭に残っていたから今度こそはとグラウンド中を真剣に探し回った。しかし孝平の姿はどこにもなく皆から変人扱いされたのだった。

中学時代は、孝平のことだから『かくれんぼ』でもしているつもりかと勝手に思い込んでいたが、かくれんぼにしては隠れている時間が長すぎる。

今思えば、何の前触れもない雨は孝平が降らせたものではなかったのかもしれない。ただのお天道様の気まぐれだったのかも。

だとしたらバカみたいだ。雨が降る度、もういいよ、と誰もいないのに声をかけていたのだから。

それでもやはり期待してしまう。こうして、誰もが予期せぬ突然の雨が降り出すと。まるで『天気スイッチ』をオンからオフに切り替えたような雨。

この人間を困らせる『意地悪雨』は孝平が降らせているんじゃないかって。

しかし孝平ではないのだとしたら、孝平は今どこにいるんだろうと孝広は思う。

無事元のコドモランドとやらに帰れたんだろうか。

一度こっちの世界に来てしまったせいで元のコドモランドに戻れないと言っていたような気がする。

元の世界に戻ろうとしても、家もない、誰もいない、真っ白い部屋に飛ばされるとか何とか言っていたけれど……。

ペダルを漕ぎながらぼんやり孝平のことを考える孝広はふと周りの視線に気がついた。

いつの間にやら雨が止んでいる。時間を巻き戻したかのように空から眩しい光が降り注いでいるのだ。

ついさっきまでは急な天候の悪化にも狼狽えず、常に折りたたみ傘を用意しており、片手運転で華麗にスマートに雨を凌ぐクール・ガイだったが、今ではただの間抜けだ。

孝広は頬を赤らめすぐさま傘を折りたたみリュックにしまい込む。

恥ずかしい思いを抱くと同時に孝広は改めて確信した。

やはりさっきの雨は孝平だ。

スタジアムの周辺に孝平がいたんだ。


窮屈な片手運転から立ち漕ぎへとスタイルを変えた孝広は、みなとみらいの象徴、横浜ランドマークタワーを飽きたと言わんばかりに颯爽とスルーし、パンパシフィックホテル方面に進んでいく。

　孝広は両施設のちょうど中間地点に建つ『ベイパーク横浜』の敷地内で自転車を止めた。

　自転車とはいえ磯子からみなとみらいはかなりきつい。太ももはパンパン足はフラフラだった。孝広はあまりの暑さにコートを脱いだ。それでもまだ暑いとブレザーを脱ぎ、ネクタイを緩めてシャツの袖まで捲った。

　白い息をぜえぜえ吐きながら施設の入口に向かう。折りたたみ傘とビデオカメラの入ったリュックを背負って。

　平日の夕方五時過ぎにもかかわらず施設内は多くの人で賑わっている。みなとみらいに遊びに来ている全ての人がここに集まっているのではないかと思うくらいだった。

　それもそのはずベイパーク横浜は先週の日曜日にオープンしたばかりの超巨大複合施設であり、地下三階、地上十階の建物内にはファッションやグルメはもちろん、大型スーパーや映画館、スポーツジム、さらには宿泊温泉施設まで入っている。

　建設作業が始まったのは約三年前。孝広が中学三年生になったばかりの頃だった。建設時から大きな話題を呼び、孝広自身この日が来るのを楽しみにしていた。その時はむろん一個人として、であった。

　ベイパーク横浜を今回の撮影場所に選んだのも孝広である。ベイパーク横浜は横浜で今最も熱いスポットだ。動画投稿者として無視できるはずがない。まだカメラは回っていないが孝広のテンションは最高潮に達している。

建物内は大人から子どもまで幅広い層で溢れている。

孝広は、施設の入口付近に立っている長身痩躯の青年に気づいた。いや気づいたというより視線を引き寄せられた、と言ったほうが正しい。

バレーボール選手と言っても疑われないほど背が高いのだ。その上顔が小さいからマッチ棒みたいである。髪の毛を赤に染めたら確実に『マッチ棒くん』とあだ名をつけられるだろう。

孝広の視線の先にいる背の高い青年は孝広と同じ制服を着ている。

本当は一緒にここまで来るつもりだったのだけれど、今朝彼の自転車がパンクしてしまい彼は電車を使ってやってきたのだった。

しかし孝広は未だに信じられない。

小学生の頃とは別人過ぎる。丸々太った身体をタユタユと揺らしながら歩いていた、橋本陽介があんなモデルみたいな体型になってしまうなんて。

彼は間違いなく自他共に認めるデブだった。一年中汗をかいていたし、歩くたび地面がドンドン、あるいはミシミシと音が鳴っていた。それなのになぜ。

中学二年生までは確実にブクブクと太っていた。クラスメイトからは体型を弄られていたが本人は気にせず常に何かを食べていた。休み時間はもちろん、授業中も、である。だからクラスメイトからは『モグモグ』とあだ名をつけられていた。

しかし三年生になったとたん急に身長が伸び始め、同時に身体も見る見る痩せていった。

孝広はあっという間に背丈を抜かされ今でも密かに悔しく思っている。

孝広だって小さいほうではない。自称一七四センチだ。それでも陽介と並ぶとすごく小さくなってしまう。

何かと何かを混ぜ合わせたら危険と言うが、陽介の身体の中でもそれに近い何かが起こったとしか思えなかった。

しかしどうしたというのか陽介は妙にソワソワしている。

初めての場所だしあまりに人が多いから一人だと心細いらしい。

ふたば園の子どもたちに見せている『陽介兄ちゃん』とは別人だ。誰よりも大きいのにソワソワしている陽介が孝広は可笑しかった。

さてふたば園と言えば、いつも庭のベンチに座って読書している園長と、いつもやんちゃな子どもたちであるが、皆相変わらず元気だ。

五年前の夏、孝平のお陰でふたば園は火事になり、孝広は危うく命を落とすところだった。

命を救ったのもまた孝平だったわけだけれど。

幸いふたば園も全焼ではなく部分焼ですみ、あれからすぐさま修復作業が行われ、一ヶ月後には元のふたば園に戻った。

火事の際、孝広とともに絶体絶命のピンチに陥った千夏はこの前の一月で十二歳になった。生意気にも同じクラスに彼氏がいるらしい。

先週陽介からそれを聞いた孝広は開いた口が塞がらなかった。

「橋くん！」

孝広は陽介に手を振った。

千夏の姿が頭を過り、孝広は一瞬笑顔が消える。男に手を振っている自分が何だか虚しかった。

「サカッチョ」

陽介の顔から緊張が解ける。

孝広は歩み寄りながら陽介の両隣を見た。

肝心の『奴』がいないのだ。

「あれ、まだ来てないの？」

奴は動画の主役だ。

奴がいなければ始まらない。

「まあいつものことだね。待つしかないね」

相変わらず橋くんは奴に寛容だなあと孝広は思う。

孝広も当然奴が遅れる理由を知っている。しかし理由が理由だけに少し腹が立つ。

あ、と陽介がコスモワールドの方向を指差した。

孝広は素早く振り返る。やっぱりねと思わず溜息が出た。

ようやく奴がやってきた。

百キロ近い巨体をブヨンブヨンと揺らしながら。背が一六〇センチ程しかないから余計に太って見える。加えて胴長短足。それゆえ非常に身体のバランスが悪い。歩き方も何だか窮屈そうだ。

奴もまた制服のままやってきた。しかしサイズが違いすぎて同じ制服とは思えない。今にもはちきれそうではないか。

「おーい、早くこーい」

孝広が声をかけたがムダだった。

奴はそれどころではない。右手にノートパソコン。左手には肉まんかピザまん。絶対にどちらかだ。

ノートパソコンは開いた状態であり、別売りの小型カメラがついている。

カメラの向きは外側ではなく、内側。

つまり奴を写しているわけだ。カメラには照明までついているから暗くても奴の顔がハッキリと見える。むしろ奴だけ照明があたっているから目立ちまくっている。周りの人間が奴を気持ち悪がっている。しかし本人は気にしない。いつものことだ。奴は肉まんかピザまん、どちらでもいいがムシャムシャと咀嚼しながらカメラに向かって何かを話している。

奴は今生放送を『配信』しているのだ。見る限り何か企画をやっている様子ではない。ただ何となく配信しているだけだろう。

奴は向かい側の歩道におり、画面を見つめながら横断歩道に歩を進めている。チンタラ歩いているせいで横断歩道の信号が赤に変わってしまった。奴は自分の放送に夢中で信号が赤に変わったことに気づいていない。

と思いきやピタリと足を止めたのである。

律儀に信号が青に変わるのを待っている奴の姿に孝広はまた腹が立った。声をかけてもまったく無視だったくせに、と。

奴の名はピザ豚まん。

むろん本名ではないし、当然奴の本名は知っている。でも長いこと奴を本名では呼んでない。

本名で呼んだのはたった一度きりだ。それは初めて話した時。奴の名がピザ豚まんと知る前だ。

決してふざけているわけではない。もちろんイジメているわけでもない。

ピザ豚まんという名は他の誰かがつけたわけではなく、本人がそう呼んでくれと言うのだから仕方ない。

奴は生放送を配信する際もピザ豚まんと名乗っている。いやむしろ放送用につけた配信ネーム。言わば芸名みたいなものだ。

由来はただ単に、肉まんとピザまんが好きだから、らしい。

ようやく赤信号が青に変わり、ピザ豚まんが横断歩道を渡ってやってきた。

「おーいピザ豚」

孝広がもう一度声をかけた。『まん』を抜くと悪意があるように聞こえてしまうがまったくもって悪意はない。

やっとピザ豚まんが声に気づいて顔を上げた。

画面に向かって何か言って、パソコンを閉じた。

「ごめんごめん配信してた」

ピザ豚まんは鬱陶しすぎる前髪をかき分けながら野太い声で言った。少し顎がしゃくれていて、さらには舌っ足らずだから何を言っているのか分かりづらいが、長く付き合っていると分かる。耳が慣れてくるのだ。英語と一緒だ。繰り返し会話するのが重要である。

孝広はピザ豚まんを咎めることなく早速リュックの中から撮影用のビデオカメラを取り出し陽介に手渡した。

いつもあまり出たがらない陽介が基本カメラ役である。たまに出演することもあるが。

孝広は次いで主役のピザ豚まんに撮影の段取りを説明しようと思うが、ピザ豚まんは『まん』を食べるのに夢中でそれどころではない。

正直いろいろ面倒臭い奴だが、この強烈キャラがいてこそ動画が成り立つ。孝広はじっと待つしかなかった。

どうやらピザ豚まんが食べている『まん』はピザまんのようだ。聞かずとも臭いで分かった。それにしても美味そうに喰うなあと孝広は感心する。

やっとピザ豚まんがピザまんをゴクリと飲み込んだところで孝広は二人に段取りを説明した。

まずは施設の外でベイパーク横浜にやってきたことを進行役の孝広が告げて、次いで施設の簡単な紹介、そして施設内に移動する流れだ。主役であるピザ豚まんには施設内でたくさん活躍してもらうつもりだ。

　孝広たちは普段、コンビニの新商品の紹介や『〇〇やってみた』という実験動画が主であり、編集すると平均十分程度の内容だが、今日は横浜で今最も熱いスポットでの撮影だ。なかなか盛り上がりそうだ、と孝広はいつも以上に張り切っていた。

「よっしゃ、じゃあ撮ろうぜ」

　隣にいるピザ豚まんがウッスと相撲取りのような返事をした。だがピザ豚まん的にはただ普通に『うん』と返事したのだ。いろいろ窮屈らしく、うんがウッスになってしまうらしい。

　カメラマンの陽介が本番三秒前と合図を出した。

　孝広は一つ息を吐いて、撮影用の笑顔を作る。隣にいるピザ豚まんは挙動不審だ。気にしない、いつものことだ。

　陽介から本番のキューがかかった。

　孝広は両手をパンと叩いて、

「どうもお、レインマンズ２０２です！」

　テンションを上げてリスナーに挨拶した。

レインマンズ２０２。

孝広が考えたユニット名である。

レインマンは直訳で雨男。本来は障害者という意味らしいがそこは気にしない。

２０２はただ単に三人が二年二組だからだ。もうじき三年になるからその時はどうしようと今から考えている。三人がまた同じクラスになる奇跡はなさそうだから。

孝広はベイパーク横浜を振り返り両手を一杯に広げ、

「みなさん今日はなんと、先週日曜日にオープンしたベイパーク横浜に来ちゃいましたよ！」

元気一杯に告げた。

「平日にもかかわらず、すっごい人です！」

カメラマンの陽介がグーサインを出す。

「施設内には宿泊温泉施設まであるっていうから驚きですよね。他にも超人気店がたくさん入っているみたいなんで楽しみです。じゃあ早速中に入ってみますか！」

ピザ豚まんに振ろうと思った矢先、カメラマンの陽介がクスクス笑いながらピザ豚まんを指差した。

いつの間にやら『まん』を口いっぱいに頬張っている。さっきのピザまんは確かに全部食べたはずなのに。

カメラが回っているのにこいつは何でもアリか、と孝広は呆れる。

しかしこれがピザ豚まんの持ち味でもある。

「おいおいピザ豚まん、どこに隠してたんだよそれ」

ピザ豚まんは孝広やカメラをチラリと見ず、

「ブレザーのポケット」

と答えた。

孝広は思わず噴き出した。まさかポケットとは思わなかった。

「ポケットに入れたら潰れて餡が飛び出ちゃうだろ！」

「まいもうむまいもうむ」

孝広は自分なりに解釈し、

「大丈夫って言ったのね」

「そう」

「ところでそれ何まん？」

「肉まん」

孝広は一つ間を置いて、

「はい、じゃあ中行こっか」

あえてあっさりした反応でカメラに背を向けた。

いったん陽介がカメラを止める。

「なかなかいいと思うよ」

陽介が言った。

「だね。じゃあ中入ろう」

孝広は依然肉まんを口の中でモグモグしているピザ豚まんの背中を押しながら中に入る。

レインマンズ202の動画は基本ピザ豚まんをイジっていくスタイルだ。むろん誰が見ても不快にならないイジリを孝広は心がけている。ベイパーク横浜の中でもピザ豚まんを使って面白い動画を撮っていこうと思う。

人に押されるようにして施設内に入った孝広は感動の声を上げた。

カメラが回っているから少し大袈裟に。

一階フロアは主にファッション、ライフスタイルコーナーとなっており、若者に人気のブランドがズラリと並んでいる。

孝広は背後で撮影している陽介を振り返り、一階フロアの主なショップを紹介していく。

ここからピザ豚まんの出番だ。ピザ豚まんを今流行の洋服店に連れて行き、店員さんにコーディネートしてもらおうと思う。しかしどれも小さすぎて断念するという動画を撮りたいのだ。

早速頭に描いている企画を実行しようと思った矢先、少し離れた場所で黄色い歓声が上がった。

「なんだろう？　ちょっと行ってみよう」

孝広は皆を誘うようにレンズに手招きして、歓声の上がったほうに向かう。

人が多くてなかなか前に進めないが、どうやら視線の先はイベント会場になっているらしい。

司会進行役の女性が『小笠原理恵さんです』と皆に紹介すると再び大きな歓声と拍手が起こった。

小笠原理恵とは今若者に絶大な支持を得ている人気シンガーだ。ギター一本でしっとりと歌い上げるのが魅力である。

どうやらこの日は新曲発表イベントでやってきたらしい。

孝広は特にファンではないが生の歌手をこの目で見たいとカメラを忘れて前に進んでいく。

やっとイベント会場の前にやってきたが、人が多すぎてなかなか見えない。小笠原理恵がはっきりと見えるのはジャンプをしたほんの一瞬だけだ。

一方カメラマンの陽介はジャンプなどしなくても余裕で見えるらしい。カメラにもしっかりと様子を収めている。

孝広はナイス橋くんとグーサインを出した。

「みなさん小笠原理恵が来てますよ！」

やがて小笠原理恵が新曲を歌い出し、歌い終えると会場中拍手に包まれた。

綺麗な歌声に酔いしれる孝広はふとあることに気がつきハッとなる。

「ピザ豚まんはどこ行った？　みなさんピザ豚がいませんよ！」

カメラを回す陽介が小さな声でピザ豚って、と呟きクスクス笑った。

孝広と陽介はイベント会場から離れてピザ豚まんを捜す。

先に見つけたのは孝広だった。

「橋くんあそこ！」

孝広がピザ豚まんのほうを指差すと、陽介が素早くビデオカメラのレンズを向ける。

いつの間にやらピザ豚まんはドーナツ店の前におり、両手に別々のドーナツを持って交互に食べていたのだった。

孝広と陽介はそっとピザ豚まんに近づいていく。

目の前までやってきたところで孝広は拳を作り、ピザ豚まんの口元に持っていった。

「おいしいですか？」

あえて小声でインタビューしてみた。

「うまふびでしょ」

その一言がやたらと面白くて孝広はまたしても噴き出してしまった。

「てゆうかさっきから食べてばっかりじゃないですかピザ豚まんさん」

「おいひいんで」

「じゃあ食レポしますか。ベイパーク横浜に入っている全店舗で」

ピザ豚まんは目を丸くし、

「それはさすはにムリムリ」

口の中のドーナツをボロボロとこぼしながら言ったのだった。


レインマンズ２０２の監督でもある孝広が撮れ高オーケーと判断したのは二時間後の七時過ぎ。

ピザ豚まんが一番楽しみにしている食レポ動画をイートインコーナーで撮影したあと、孝広が撮りたかった洋服店でのイジリも企画どおりうまくいき、三人はベイパーク横浜をあとにすることになった。

二階で撮影を終えた孝広たちはエスカレーターで一階に降りる。

食レポコーナーでドーナツ、ケーキ、ハンバーガー、カレー、ラーメン、そして最後にデザート代わりにアイスを食べたピザ豚まんであるがまだまだ余裕らしく、レストランやカフェに欲望の眼差しを送っている。

孝広はそんなピザ豚まんを無視するように正面玄関に向かう。

その最中の出来事だった。

孝広は後ろから陽介に袖口をクイクイと引っ張られ振り返る。

「どした橋くん」

「サカッチョあれあれ」

陽介の視線の先はとある洋服店であった。

孝広はすぐさま入口付近に立っている若い男女のある行為に気づいた。

男のほうがマネキンにマジックで落書きしている。ふざけた顔を描き、顔が完成すると今度は男性の陰部まで描き始めた。大勢の客が見ているにもかかわらず、である。しかし店員には気づかれぬようにコソコソと。

隣で見ている彼女か友達か知らないが、若い女は男の行動を止めるどころかそれを携帯カメラで撮りだした。ケラケラ声を出して笑いながら。

動画か写真か知らないが、満足いく『ネタ』が撮れたらしく若い男女は足早に施設から去っていった。

被害にあった洋服店には次第に人が集まりだし、店員はそれでやっとマネキンに落書きされたことに気がついた。

洋服店の店員とは裏腹に、孝広は男女の行動に驚くことはまったくなかった。またか、とただただ不愉快だった。彼らはいつまでこんなことを続けるつもりだろう。

ここ数年、素人の動画投稿や写真投稿、それに生放送配信が世界中で大流行しているが、数ヶ月前から日本では悪のり動画や悪ふざけ写真投稿がアップされるようになった。不可解かつ不愉快な投稿は後を絶たず、また日に日に悪質になってきており現在社会問題となっている。

動画サイトやＳＮＳサイトを開けば悪質投稿ばかりがピックアップされており、街に出ればあちこちで『ネタ』撮りをしている人間たちに遭遇する。孝広は昨日も悪質投稿者をスーパーのお菓子売り場で見かけた。中学生と思われる男子二人組がまだレジに通してないお菓子をその場で食べて、その様子を携帯で撮っていたのだ。孝広はいちいち相手にはしなかったが男の子たちの行動が残念でならなかった。

目立ちたいのか、閲覧数を増やしたいのか、それともただ単に自分たちが楽しくてやっているのか、それは定かではない。

同じ投稿者である孝広にとってはただただ迷惑であり深刻な問題だった。

良識のない悪質投稿者たちのせいで最近、普通に撮影しているにもかかわらず白い目で見られることがあるのだ。

むろんレインマンズ２０２は誰にも迷惑をかけることなくしっかりルールを守って撮影している。

だから堂々としていればいい、と孝広は自分に言い聞かせるが、やはり気分はよくない。

レインマンズ２０２は動画を見てくれる人たちが心から楽しめるものを作ろうと真剣に頑張っているのだ。

頼むから邪魔しないでくれよ。

孝広は落書きされたマネキンを見つめながら心の中で言ったのだった。


二人と別れた孝広は自転車にまたがり急げ急げとペダルを漕いだ。

孝広が自宅に到着したのは八時を少し回った頃であり、叔母の京子が少し遅めの晩ご飯を準備していた。叔父の孝志はまだ仕事から帰っていないようだ。

「ただいま」

「おかえりタアくん。遅かったねえ」

孝広は相変わらず『タアくん』と呼ばれている。直接は言わないが、最近その呼ばれ方が恥ずかしくなってきた。

「また橋本くんたちと撮影しに行ってたの？」

「うん。ベイパーク横浜にね」

「そう。ご飯できてるわよ。手洗っておいで」

孝広は遠慮なく、

「あとで食べる」

と言って自分の部屋に向かった。

「じゃあ先食べちゃうわよ？」

背中でうんと返事して部屋の扉を閉める。明かりをつけた孝広は、いつの間にか雨が降っていることに気がついた。

孝広はすぐに夕方の大雨を思い出す。

孝平の姿を脳裏に浮かべた孝広は、

「そういえば」

あることを思い出した。

それは、叔父と叔母のことを未だにお父さんお母さんと呼んでいない、ということである。

孝平との約束だったけれど、さすがに今更お父さんお母さんだなんて呼べない。恥ずかしくて。二人を本当の親だと思っているからこそだ。

孝広は背負っているリュックを勉強机に置いて、ビデオカメラを手に取った。

机の棚には陶芸家だった父親が生前制作した素焼きの茶碗に黒いマグカップが今も大事に飾られている。その隣には、孝広と陽介がバッテリーを組んでいる様子を紙粘土で表現した作品が並んでいる。

五年前孝平が作ったものだ。埃一つかぶっていない。少し色あせてしまったけれど。

そう、夏休みの図工の宿題として、学校に持っていったんだった。先生に褒められたのが懐かしい。

孝広は作務衣を着た父親の隣に、エプロンを腰に巻いた母親の姿も思い浮かべる。

二人を裂くようにして、孝平が現れた。

孝広はもう一度雨を見た。

小学生の頃は雨を見ると恐ろしい事故の記憶が頭を過った。

でも孝平と別れて以来、雨が降っても家族を奪い去った事故がフラッシュバックすることがなくなった。

昔は雨が忌まわしかったけれど、今では逆に雨が好きだ。孝平がやってきてくれるかもしれないから。

部屋の隅にはバットとグローブ。

でもどちらもケースにしまってある。

野球は辞めたのだ。中学二年の時に。

陽介と一緒に野球部に入部した孝広は小学時代と同様、陽介とバッテリーを組んで日々練習に明け暮れていた。

そして二年の夏、陽介とともにレギュラーの座を勝ち取り夏の大会に出場したのである。しかし一回戦の五回裏、渾身のストレートを放った瞬間肩に激痛が走り、試合の途中で救急車に運ばれた。

診断結果は疲労骨折だった。

孝広は治せばまた野球ができると簡単に考えていたのだが、完治しても若干の後遺症が残ってしまい、仕方なく野球を辞めることにしたのだ。相棒の陽介も同じタイミングで退部届を提出した。

三年前の出来事を思い返す孝広は暗い気持ちを吹き飛ばすように、

「さ、編集編集。急がなきゃ」

自分に言い聞かせて勉強机の前に腰掛けた。

勉強机とは名ばかりで、今は動画を編集するための作業机になっている。

机のど真ん中に置いてあるノートパソコンにビデオカメラを接続し、この日陽介が撮影した動画を再生する。面白い部分を抜粋して繋ぎ合わせてアップするのだ。できれば今夜中に完成させて投稿したい。

孝広は手先は不器用だが編集作業は器用にこなしていく。

進行役兼監督兼編集を務める孝広は動画作製をしている時が今最も楽しい時間であった。

ピザ豚まんに感謝、である。

奴が動画作りの楽しさを教えてくれたのだから……。

レインマンズ202というユニット名をつけたのは孝広であるが、動画作りをするきっかけとなったのはピザ豚まんの一言だった。

『僕ピザ豚まん。一緒に動画撮って投稿しない?』

五ヶ月前の九月。二学期が始まって間もない頃だった。それまで一切話したことがなかったピザ豚まんからいきなりそう言われたものだから孝広は戸惑った。正直危ない奴だと思っていたから。

ピザ豚まんはなぜ自分を誘ってきたのだろう、と孝広はあれこれ考えたが理由が分からなかった。直接ピザ豚まんに訳を聞いても未だ教えてくれない。もうそんなのどうでもいいが。

孝広は最初怪しいと思っていたが、だんだん興味が湧いてきて、ピザ豚まんと一緒に動画投稿をすることに決めた。野球を辞めて以来つまらない毎日、とまでは言わないが充実してはいなかったし……。

ただ一つ条件があった。

それは、マナーをしっかり守って誰にも迷惑をかけない動画を撮る、ということだった。

その頃から常識のない人間たちによる悪質投稿問題が各メディアで取り沙汰されており、孝広は不快な思いを抱いていたのだ。

それを告げるとピザ豚まん自身もそのつもりは毛頭なかったらしく、孝広は安堵して了承したのだった。

孝広とピザ豚まんのやり取りを隣で見ていた陽介は、二人と目が合うなり素早く首を横に振って後ずさった。

結局陽介はカメラマンならいいと了承したのだった。

レインマンズ２０２というユニット名はその場で閃いた。

孝広はどうしても『雨』という単語を使いたくて、パッと閃いたのがレインマンだった。

編集作業に没頭する孝広は視界の端に映るスマホ画面が光ったことに気づいた。

そこでプツリと集中が切れた。

画面に『ピザ豚まんさんが生放送を開始しました』と表示されているのだ。

「はやっ」

孝広は思わず声に出していた。

奴も同じ頃に帰宅したはずだ。まだ十五分と経っていないはずなのに。

俺もそうだろ、と孝広は自身に突っ込む。

正直面倒臭いと思う。編集作業に集中していたのに。

無視すればいいのだが性格がそうさせない。『わこつ』くらい言ってやらないと。

孝広はピザ豚まんが配信している運営サイトに飛び、マイコミュニティをクリックした。

孝広が登録している生放送配信者、通称『生主』は五人。

現在放送中なのはピザ豚まんだけだった。

孝広はピザ豚まんの放送室に入室する。

クリックした瞬間、ピザ豚まんの顔がでかでかと現れた。

鬱陶しい前髪。腫れぼったい瞼。たるんだ頬。

ピザ豚まんは最初から口をモグモグと動かしている。

また何か喰ってる、と孝広は呆れた思いだった。

ピザまんか肉まん、いや奴の場合豚まんか。もうなんでもいい。

ピザ豚まんは真冬にもかかわらずランニングシャツ一枚で放送している。分厚い脂肪でホカホカらしい。

ピザ豚まんの顔がドアップだから部屋全体は見えないが、それでも散らかりまくっているのが分かる。孝広はいろいろ想像してしまって身震いした。

ピザ豚まんは喋らない。カメラを見つめて咀嚼しているだけだ。

まだ一分しか経過していないし、何より来場者数が二人だ。

孝広はもう一人が陽介でないことを知っている。なぜならコメント欄に『デブ』と書かれているからだ。恐らくその人物はもう退室しているだろう。

孝広はキーボードに両手を乗せて素早く『わこつ』と入力しクリックした。

『わこつ』とは放送界の用語で、一言で言うと放送お疲れ様という意味だ。

孝広が入力した『わこつ』という文字が右から左にゆっくりと流れる。

ピザ豚まんの腫れぼったい目がパッと開いて、画面に手を振った。

『あ、サカッチョわこふぅ』

心底嬉しそうな顔をしている。孝広は再びキーボードに両手を乗せ素早くタイピングする。

『今日はお疲れさん、楽しかったね』

『はのしかったねえ。動画楽しみぃ』

モゴモゴとした野太い声が返ってくる。

『なに食べてるの？』

孝広のコメントが画面に流れる。

『うんっとねえ、今はねえタコ焼きまん』

絶対ピザか肉だと思っていた孝広はひっくり返りそうになった。

『タコ焼きまんかよ！　てかそんなのあるの』

『うんうんひんさく』

どうやら新作、と言ったらしい。

孝広とピザ豚まんは『まん』の話題で一瞬盛り上がるがすぐに会話が途切れてしんとなった。

さて次は何をコメントしようか、と考えている最中、別のリスナーのコメントが流れた。

『豚だねえ』

『てか部屋きたねえ』

孝広は来場者の数を見た。

五人と表示されている。しかしこの数字は現在放送を観ている数ではなく、放送が開始された三分少々で来場した数である。だから今の今は孝広ただ一人だけの可能性もある。

また別のコメントが流れた。

『ピザすぎぃ』

太りすぎ、という意味である。

『初見、きもすぎ』

リスナーは、顔も名前も生主には伝わらないから容赦がない。

ピザ豚まんは、リスナーからの心ない『ディス』つまり蔑まれたり誹謗中傷を受けてもまったく傷ついた様子は見せない。

それどころかなぜか嬉しそうにしている。

だから孝広も、可哀想とは思うが全然平気で観ていられる。もう慣れた。

ピザ豚まんの放送はいつもこんな感じなのだ。まともなコメントを打つ人間はほとんどいない。というよりも、人が全然集まってこない。常に『過疎』状態なのだ。生主になって三年目らしいのだが……。

レインマンズ202の投稿動画のコメント欄も、ピザ豚まんに対するディスが非常に多い。でもピザ豚まんは何とも思っていないようなのだ。もっとも、皆からいろいろ叩かれて落ち込んでいるなら動画出演なんてしないだろう。ましてやリアルタイムでコメントが流れる生放送なんてしないはずだ。

孝広はふと時計を見た。

できればもう少しピザ豚まんの相手をしてやりたいが、編集作業も進めなければならない。

『今日撮った動画編集するわ。また明日ね』

あまり気を遣うことなくそう告げた。

ピザ豚まんは画面に手を振り、

『おつでしたぁ。サカッチョありがとねえ』

孝広は最後に、『おつ』と入力して部屋を退出した。

それから編集作業を再開し、動画が完成したのは二時間後。何とか十二時を回る前にアップすることができた。

一仕事終えた孝広はガチガチになった身体を伸ばす。

ふとその動作が止まった。

まだピザ豚まんは放送しているだろうか。

孝広は配信サイトに飛んでマイコミュニティを確認する。

やはりいた。放送している。

しかしここからピザ豚まんの相手はきつすぎる。

孝広はマウスを握ると右上の×印を何の躊躇いもなくクリックしてサイトを出た。ピザ豚まんではないが、腹ペコだ。


レインマンズ２０２の進行役兼監督兼編集兼ピザ豚まんの世話係として活動を開始して以来孝広は毎日寝不足である。

翌朝、いつものようにふたば園に寄って陽介と登校するが、この日もうつらうつらであった。しかしこの日は寒い。凍りそうな寒さだ。

陽介の自転車はまだ修理が終わっていないので孝広は自転車を押しながら陽介と並んで歩く。

透きとおった空気に二人の白い息が舞う。

「ピザ豚まん、朝の五時まで放送してたね」

ふと陽介が言った。

孝広は特に何も思わない。へえ、で終わりだ。

そのあと二人で他愛ない会話をしていると、同じクラスの女子四人が駆け寄ってきた。

「サカッチョくん、ヨウくん、おはよう。昨日の夜動画観たよ！　面白かった！　私も早くベイパーク横浜行かなきゃ！」

ある女子が言った。他の女子たちも全員観てくれたらしい。

ほとんどの役割をこなしている孝広は、早速クラスメイトの女子たちが動画を観てくれたこと、そして面白かったと言ってくれたことがとても嬉しく思う。

動画を観てくれているのは彼女たちだけではない。レインマンズ２０２の動画をアップした翌日は、他のクラスや他の学年の先輩後輩からたくさん声をかけられる。

本音を言うと、スターになったみたいで気分がいい。他に動画を作製している生徒がいないから余計に有名人扱いされるのだ。

最初の頃と比べると嘘みたいだ。

レインマンズ２０２を結成した当初は再生数が常に三十以下で、毎日アップしても全然数字が伸びなくて、悩んだ時期があった。

どうすれば再生数が増えるだろう。面白いと言ってくれるだろう。孝広は真剣に悩み、企画を考え、努力した。

すると少しずつではあるが再生数が増えていき、今では何と千人近い人が観てくれるまでになった。

大手生主や有名動画投稿者に比べると極々少ない数だが、孝広にとってはとても大きな数字だ。

やはりピザ豚まんのキャラが絶大で、奴がリスナーを集めているのだと孝広は確信している。

当面の目標は再生数二千。とにかくいろんな人に観てもらって、楽しんでもらいたいと考えている。

「それよりさあ、いつもピザ豚出し過ぎじゃない？」

ある女子が孝広に言った。そうだよそうだよ、と他の女子たちも続く。

「あいつキモーイ。いらなくない？」

「もっと二人が出たほうがいいよ。あいつにカメラやらせてさあ」

皆動画の感想を言ったあとは決まってピザ豚まんをディスり始める。

あいつが主役だからこそ面白い動画になっているんだけどなあ、と孝広は残念な思いであった。

皆どうしてピザ豚まんをそこまで悪く言うのだろう。

確かに面倒臭い部分は多々あるし、ちょっとキモイところがある。

でも根はいい奴だと思う。

孝広にとってピザ豚まんはレインマンズ２０２の一員というより、本当の友達だという意識のほうが強いから余計に胸が痛い。

一時限目のチャイムが鳴ると間もなくして教科担任が教室にやってきた。係の生徒が号令をかける。

二年二組は全三十人。二十九人の生徒が教科担任に挨拶した。

窓際の最後尾の席がポツリと空いている。

ピザ豚まんの席である。

同じ列の先頭にいる孝広はチラリチラリと教室の扉に視線をやる。

気にする必要はないと孝広自身分かっているのだが。

ピザ豚まんが遅刻してやってくるのは毎度のことだ。大体一時限目が終わる頃にやってくる。

孝広の予想は的中し、授業が終わる十分前にピザ豚まんは現れた。

女子たちが小さな悲鳴を上げる。まるでおぞましい物体が現れたかのようだった。

寝癖だらけの頭。腫れぼったい目。だらしない口元。

シャツはしわくちゃネクタイはゆるゆる。

眠たそうにフラリフラリと窓際の席に向かう。遅れてきたにもかかわらずアワワアワワと欠伸しながら席についた。

教師は叱らない。気にせず授業を進めている。怒る気力もないらしい。

ピザ豚まんの欠伸が一瞬授業を遮る。

眠いはずだ。朝方まで生放送していたのだから。

ポキン、と教師の右手にあるチョークが折れた。ピザ豚まんの欠伸が相当効いたらしい。

孝広は冷や冷やしながらピザ豚まんを振り返る。

鞄から教科書、ではなくノートパソコンを取り出した。ノートパソコンには別売りの小型カメラがついている。

明るいから分かりづらいが、うっすらピザ豚まんの顔が光に照らされているのが分かる。

授業中にもかかわらず、ピザ豚まんは生放送配信の準備を始めた。

孝広は視線を送るがピザ豚まんは気づかない。配信することで頭がいっぱいなのだ。

孝広は諦めて前を向き直る。まったく困った奴である。

ピザ豚まんが授業中放送するのは今日が初めてではない。いつものことである。

ピザ豚まんはどんな時だろうが関係ない。いつでもどこでも生放送を配信するのだ。

なぜそこまでして配信するのか。孝広はピザ豚まんがまったく理解できない。

ピザ豚まんは生放送配信に嵌っているのではない。配信依存。完全に中毒。ある意味病気だ。配信していなければ気持ちが落ち着かないのだ。

奴は配信せずにはいられない。何かに取り憑かれているかのようだった。

孝広はピザ豚まんが気になってもう一度振り返る。

どうやらちょうど放送が始まったようだ。画面に向かって軽く手を上げたのだ。

孝広はスマホでもピザ豚まんの放送を観ることができるが、観なくても分かる。

現在ピザ豚まんの放送を観ているのは全国で一人か二人。今頃ディスコメが流れているのではないか。

しかしピザ豚まんには関係ない。過疎放送だろうがどんなコメントが流れてこようが、放送していることで気分が落ち着く。満足なのだ。

ピザ豚まんにとって配信は精神安定剤のようなものだ。もし放送を奪ったらどうなってしまうのだろう。ふとそんなことを考えた孝広は何だかゾッとした。

結局この日ピザ豚まんは一日中放送していた。一日中という表現は大袈裟ではない。画面からいなくなったのはトイレの時くらいだったはずだ。

ピザ豚まんは帰宅する際も放送していた。

この日はレインマンズ２０２の動画撮影がない。撮影がない日のピザ豚まんはまるで『他人』だ。バイバイの一言もなく、放送しながら帰っていってしまうのだ。それがピザ豚まんだから孝広は全然気にしないのだが。

翌日の朝、いつものように自転車でふたば園に向かう孝広は世にも珍しい光景を見た。

いつも決まって遅刻してくるピザ豚まんが、登校時間に間に合う時刻に通学路を歩いていたのである。

ピザ豚まんは登校中も放送しており、『まん』を食べながらモゴモゴと何かを喋っている。しかし何を喋っているのか、食べながらだから全然分からない。もっとも普段も滑舌が悪いから離れた場所だと理解できないが。

孝広は常に放送していないと気がすまないピザ豚まんに呆れるが、そんなのはどうでもよかった。

それよりピザ豚まんが寝坊せず、遅刻しない時刻にちゃんと家を出られたことが何だか嬉しかった。

偉い偉いピザ豚まん。やればできるじゃん。

孝広はカラカラと自転車で近づいていく。耳にキンと響くブレーキ音を背後で鳴らしてもピザ豚まんは振り返りもしなかった。

「おーいピザ豚まん」

耳元で声をかけてやっと反応したのである。フワッとピザの香りが漂ってきた。

「ああ、サカッチョ、おはよう」

挨拶も早々にピザ豚まんは自身が持つノートパソコンに向き直る。

「サカッチョが来てくれました」

リスナーがいるらしい。孝広は画面を覗くが太陽の光で全然画面が見えない。

本当にリスナーがいるのか怪しいが、孝広は一応カメラに向かって手を振っておいた。

「ピザ豚まん珍しいじゃん。こんな早い時間に来るなんて」

「そう。ひょうはなぜか早い時間にほきちゃって」

「偉いじゃん」

「ね。雨が降ってくるんじゃない？　神様驚いて」

ピザ豚まんは言ったあと、ウホホウホホと笑った。

孝広はふと空を見上げる。綺麗に澄み渡った空だ。

孝広は自転車を押してピザ豚まんと一緒に歩く。

「ピザ豚まん、今日撮影するぞ。エナジードリンクの新商品が出たからレポ動画撮ろうぜ」

「うっす」

隣で放送を配信しているピザ豚まんが唐突に、

「はい僕は豚です。でもただの豚じゃありません。ピザ豚です」

と嬉しそうに言った。どうやら『豚』というコメントが流れたらしい。豚と言われて喜んでいるのは全国でピザ豚まんただ一人だろう。

「もともとこんな喋り方なんです許してください」

やれやれ、と孝広は自転車を押す。

やがてふたば園が見えてきた。

ちょうど陽介が外にやってきて、寒そうに身を縮めた。

孝広が声をかける。

すると慌てた様子で陽介が走ってきた。

「おーい大変だ。大変なんだ」

孝広とピザ豚まんが顔を見合わせ、同じタイミングで首を傾げる。

「大変って？　ピザ豚まんがこんな早い時間にいるから？」

「違うよ」

陽介が息を切らしながら首を振る。

「まだ自転車の修理が終わらないから？」

「違う違う！」

「じゃあ何」

「昨日さ、ベイパーク横浜に行った動画を見返したらさ」

「見返したら？」

陽介が息を思いっきり吸い込んでこう言った。

「孝平くんが映ってた！」

孝広は一瞬動作が止まった。

「え、マジ？」

「マジマジ！　間違いないよ！　あれは絶対孝平くんだ」

孝広は一昨日撮った動画を頭の中で再生する。

編集した際繰り返し動画をチェックしているし、完成動画も二回観ている。けれど全然気づかなかった。陽介が見たその人物は本当に孝平だろうか？

動画を思い返すよりも実際観たほうが早かった。

孝広は自転車をその場に停めて、スマホを手に取り登録している動画サイトを開く。そして、『レインマンズ２０２・ベイパーク横浜に行ってみた』を再生した。

スマホの小さなスピーカーからメタルなサウンドが流れる。

お決まりのオープニング動画だ。激しいエレキに合わせてレインマンズ２０２のメンバーが紹介される。もちろんオープニング動画も『坂本孝広監督作』である。

『どうもお、レインマンズ２０２です！』

孝広は日陰に移動する。太陽の光が反射して画面がよく見えないのだ。

「橋くん、どの辺り？」

「ピザ豚まんがイートインコーナーでいろレポしたでしょ。あの辺り。そう、ラーメン喰ってる時だ」

内容を熟知している孝広はラーメンの場面にワンタッチで移動した。

『ラーメン食べてみまふ』

ピザ豚まんの野太い声。

陽介とピザ豚まんが孝広のスマホを覗き込むようにして観る。

「どれだ？」

日陰とはいえ見えづらい。客が大勢いるから余計だった。孝広は寄り掛かってくるピザ豚まんを肩で押す。

「あここ！」

陽介が突然耳元で叫んだ。

孝広は即座に動画を一時停止した。

「これこれ！」

孝広は画面を凝視する。

「ほら、人混みに紛れてこっちにピースしてる子！　これ孝平くんでしょ？」

孝広はあっと口を開けた。

人混みの中に坊主頭の『子ども』がおり、その子どもがカメラに向かってさり気なくピースしている。

真冬にもかかわらずTシャツ短パン姿。

スマホの画面が小さいから分かりづらいが、孝平に違いなかった。

「ね？　これ孝平くんでしょ？」

孝広は唾を飲み込みうんうんと頷く。

なかなか声が出なかった。

孝平だ。五年前の孝平のままである。

孝広は今の今まで十三歳になった孝平の姿を想像していたが、昔のままでもなんの違和感もなかった。

よくよく考えれば当然なのだ。孝平は言わば『幽霊』なのだから。

金縛りにあったみたいにじっと固まっている孝広であるが、ハッと空を見た。

突然雨雲が舞い降りてきて、辺りが一気に薄暗くなった。

次の瞬間、ザッと雨が降り出してきた。

ピザ豚まんが慌ててノートパソコンをお腹に隠す。陽介は即座に人家の屋根に駆け込んだ。遅れてピザ豚まんも同じ屋根に逃げ込む。

孝広は折りたたみ傘を持っているのも忘れて辺りを見渡す。心臓がドキドキしてた。

「孝平！　孝平！」

住宅街に孝広の叫び声が響く。

孝広はふと前方の交差点に目を凝らした。

今、子どもがスッと壁に隠れたような気がしたのだ。

じっとそのほうに視線を向けていると、坊主頭の少年がひょっこり顔を出した。

間違いなく孝平だった。

しかし目が合った瞬間スッと頭を引っこめた。

「おい孝平」

孝広は雨の中走る。

ふと脳裏に、孝平と別れた日の映像が蘇る。

五年前のあの日、孝平が突然じゃあねと言って走り出して交差点を曲がった。すぐに追いかけたのだけれど、交差点を曲がった時にはもう、孝平の姿はなかった。

まるであの時を再現しているみたいだったけれど、最後まで同じではなかった。

交差点を曲がると、孝平がいたのである。五年前と同じ姿で立っていた。

あの時のままだから、孝広は一瞬五年前に戻ったような感じがした。でもあの時とは明らかに目線の高さが違う。孝平がとても小さく感じた。

白いTシャツに青い短パン姿の孝平は気まずそうに下を向いたままであるが、

「やあ兄ちゃん久しぶり」

と手を上げて言った。孝広はフッと笑って、やあと返したのだった。

二人は無防備に雨に打たれている。

「あっちに行こう。橋くんもいるんだ」

孝広は孝平の手を取り走り出す。孝平が手をギュッと握り返してきたのを手の平で感じた。何の違和感もない。人間の手だ。

孝広は陽介とピザ豚まんが雨宿りしている屋根の下に逃げ込む。

孝平の全てを知っている陽介は、子どものままである孝平を見てもいたって普通の反応だった。

「久しぶり孝平くん。会いたかったよ」

陽介が優しい声色で言った。

孝平が陽介とピザ豚まんを見比べる。

「え、こっちが橋くんだったの？　こっちじゃなくて？」

ピザ豚まんを指差しながら言った。

「失礼な奴だなあ。顔が全然違うじゃないか。こっちはピザ豚まんだよ」

「ピザ豚まん？　変なあだ名」

ピザ豚まんはポカンと口を開けたままだ。

「孝平お前、うちらが動画撮影してる時こっそりカメラにピースしてただろ」

孝広が言った。

「うんオイラ、あの日ずっと近くにいたよ。橋くん相変わらずデブだなあって思ってた」

ベイパーク横浜にいた時、実は雨が降っていたんだなあと孝広は思った。

「でっかくなったね橋くん。しかもちょー痩せたね」

陽介が照れた仕草を見せる。

「まあね」

「あ、あの……」

ピザ豚まんが会話を遮るようにして入ってきた。

「この子は？　前に話してたサカッチョの弟？」

孝平が、えっと孝広を見た。

孝平の眼差しを感じる孝広は反応に困る。

そうだいつだったか、ピザ豚まんに弟がいると話したことがあったのだ。しかし孝平の正体は話していない。信じられるわけがないから。

孝広は孝平の視線を感じるが目を合わせることはせず、

「あ、ああ、そう。弟」

照れを隠して言った。

「学校は？　遅れちゃうぞ」

ピザ豚まんが低い声で言う。孝広はお前が言うなと心の中で突っ込んだ。

「オイラ学校休み」

孝平が平然と嘘をついた。やっぱり孝平は孝平のままだなあと孝広は思った。

「それより五年間もどうしてたんだよ。てっきりコドモランドとやらに戻ったんだと思ったぜ」

ピザ豚まんが首を傾げる。

「五年間？　コドモランド？」

孝広は無視無視と心の中で言った。一から説明するなんて面倒臭すぎる。

「コドモランドに戻ろうと思ったんだけど」

「あちょっと待った」

孝広は自分で聞いておいてストップをかけた。

「話はあとだ。遅刻する」

孝広は全身雨に濡れている孝平を見て尋ねた。

「傘は？」

「ないよ」

当たり前だろと言わんばかりの言い方だった。

「昔は人の家から勝手に傘を盗んできてたじゃないか」

「だって兄ちゃん怒るだろ？」

孝広はほうと感心した。孝平は孝平のままだなんて思っていた孝広は訂正した。

ちゃんと約束守ってるんだなあ。

孝広は自宅の鍵と、折りたたみ傘を孝平に渡した。

「学校終わるまで家で待っとけ。分かるだろ？」

孝平は頷く。

「でもいいの？　入っちゃって」

何を遠慮してるんだよ、と孝広は心の中で言った。五年前、怒りすぎたせいかなあと反省した。

「いいよいいよ。誰もいないし、誰も帰ってこないから。身体拭いて、洋服も乾かしとけよ」

孝平は満面の笑みを浮かべ、

「うん分かった」

と元気よく言って傘を開くと自宅のほうへと走り出した。

しばらく孝平の背中を目で追っていた孝広は、ハッとスマホに表示されている時刻を見て、急げえ、と叫んで雨の中に飛び出した。

走る二人を尻目に自転車を漕ぐ孝広は、ピザ豚まんが言った言葉を思い出した。

本当に雨が降ったなピザ豚まん。


帰りのホームルームが終わった瞬間孝広は教室を飛び出した。

今日は新作エナジードリンクのレポ動画を撮影する予定だったが延期だ。それどころではない。

孝広は急いで階段を駆け下り下駄箱で靴に履き替える。

外は土砂降り。弱まる気配はない。

孝広はリュックサックのファスナーを開けた。がすぐに、ああそうか、と傘がないことを知った。これからは孝平用の傘も入れておかなくちゃ。

ならば仕方ないと孝広は雨の中に飛び込んで、駐輪場までダッシュする。

自転車の鍵を開けサドルにまたがりグッとペダルに力を込めた。

孝広は雨の中全力で漕ぐ。口を開け、あああ、と雨を浴びながら。朝会ったのになあと孝広は思う。この日は授業も手につかなかった。一日中ワクワクしていた。

集合団地に到着した孝広は駐輪場に自転車を止め、建物内に駆け込む。エレベーターは使わず階段を駆け上った。

三〇一号室。鍵はかかっていなかった。

三和土に孝平の青いスニーカーが捨てたように転がっている。孝広はビチョビチョになった革靴を脱ぎ、水が垂れないようそっと家に上がる。まずは風呂場だが、性格上靴を揃えなければ気がすまなかった。ポタポタ水を垂らしながら二足の靴を揃えて風呂場に向かう。

雨に濡れたリュックを下ろし、中から大事なビデオカメラを手に取る。防水機能がついているから心配することはない。

次いで制服を脱ぎ、バスタオルで髪の毛と身体を拭く。部屋着に着替えて風呂場を出た。

孝平はリビングの床に体育座りしてアニメを観ていた。白いTシャツに青い短パン姿。

孝平がテレビを消して立ち上がった。

「お帰り兄ちゃん」

「洋服濡れてないか？」

濡れたまま床に座ってもらっては困る。

「大丈夫。帰ってすぐドライヤーで乾かしたから」

「ドライヤーでかよ！」

リビングには小さな仏壇があり、真ん中には両親の遺影が飾られてある。

母さんのお腹にいた赤ん坊がコドモランドとやらで大きくなって、今ここにいるんだよなあ、と孝広は今更ながらに思う。五年間という歳月が経ったのに、あの頃よりも不思議に感じた。

「兄ちゃん」

「うん？」

「オイラが紙粘土で作った兄ちゃんと橋くん、大事に飾ってあるね」

「お前勝手に俺の部屋に入ったのか」

孝平がイヒヒと笑った。

「いいじゃんいいじゃん」

まったくコイツは、と思いながらも、

「図工の時間に提出したよ。自分が作ったって嘘ついて。先生に褒められた」

「よかったじゃん兄ちゃん」

「もう五年も前の話だっつうの」

「それと兄ちゃん」

急に寂しげな声色に変わった。

「野球、辞めちゃったの？」

孝広の表情から笑みが消えた。

「どうして分かった？」

「バットとグローブが部屋の隅っこに置いてあるからさあ。何となくそんな気がして」

「そう。中二の時肩壊しちゃってさ」

「そっか。ざーんねん。兄ちゃんと野球してアソボウと思ったのにさあ」

「野球するって、雨の中でかよ。傘差しながらやるつもりか？」

「昔橋くんと三人でやったじゃん」

孝広はとても懐かしい。でも孝平があの頃のままだから昨日のようでもあり、何だか変な感じだった。

「今はこれよお」

孝広は自慢気にビデオカメラを見せた。

「動画撮影に嵌ってるんだ。まあ部活みたいなもんかな」

孝平はよく分かっていない様子だ。

「お前も見てただろ？　ああやって撮影したのをインターネットに投稿するんだ」

「それだけ？」

「まあ。それだけ」

ふうんと反応が薄い孝平に孝広が尋ねた。

「ところで五年間、何してたんだよ」

「えっとねえ、コドモランドに戻ろうと思って白い部屋をずぅぅぅぅっとひたすら歩いてた。でもコドモランドに戻れなくて、いい加減飽きてこっちの世界に来たら『ナナシ』と友達になって」

「ナナシ？　なんだそりゃ」

「でも……」

孝広は孝平から『ナナシ』と過ごした日々を一から説明された。

「泣くと地震か。そりゃ怖いな」

そしてナナシ家族の結末を知った孝広はとても悲しい気持ちになったのだった。

「とんでもない母親だなそりゃ。で、ナナシは今どこにいるんだろう？」

「さあ分からない」

孝広は、ナナシが白い空間を彷徨っている姿を想像した。

「もう、本当に元の世界には戻れないのか？」

孝平が腕を組んで喉を鳴らす。

「たぶんムリかな。それより白い部屋にいるとさあ、時間がものすごい勢いで進んでいくみたいなんだ」

孝広は意味がよく理解できなかった。

「だって五年間も絶対に経ってないもん。いきなり兄ちゃんがでかくなってたって感じ」

孝広はその表現で孝平が言わんとしていることが理解できた。

「なのにオイラはチビのまま。こっちの世界に来た罰だね、アハハ」

「まあ、いいんじゃん？　チビのままでも。コドモランドに戻れなくても」

「まあ、そうだけどさ」

「それよりどうしてずっと俺のとこに戻ってこなかったんだよ」

「だって兄ちゃんオイラのこと嫌ってると思ってたから」

「昔はな。大嫌いだったけどな」

ふうん、と孝平が頷く。何を納得しているのか孝広は分からなかった。

「なんだよ、ふうんて」

「兄ちゃん大人になったんだねえ」

相変わらず生意気な奴め、と孝広は心の中で言った。

「じゃあ逆になんで俺のとこに戻ってきたんだ？」

孝広は急に悪い予感がした。

「まさかまた予知夢を見たんじゃないだろうなあ」

「違う違う。さっきも言ったろ？　ずぅぅぅぅっと白い部屋を歩いてたら退屈になったから会いにきてやったのさ」

孝広はそれを聞いて一安心した。

「それより兄ちゃん」

「うん？」

「ア・ソ・ボ」

出た出た、必殺アソボ。

孝広は久々にアソボが聞けて何だか嬉しい気持ちになった。

仕方ない付き合ってやるか。

孝広はビデオカメラをテーブルに置いて袖をめくる。

さあて何してアソボウか。

考え始めた矢先であった。

ポケットの中にあるスマホが鳴った。

孝広は手に取り画面を確認する。

『ピザ豚まんさんが生放送を開始しました』

と出ている。

「早速放送かよ」

ひとりでに声が出ていた。

「放送？」

「そう。ピザ豚まんが生放送を始めたってさ。いつも人が来なくて可哀想だから、一言声かけてやるわ」

孝広は孝平にそう告げて自分の部屋に入り、勉強机のど真ん中に堂々と置いてあるノートパソコンを起動した。

孝広はピザ豚まんが配信している運営サイトに飛んで、ピザ豚まんの放送に入室する。画面が一瞬暗転し、パッとピザ豚まんの顔がドアップで現れた。

「わあ」

と孝平が声を洩らす。気持ち悪いと言わんばかりの声だった。

ピザ豚まんは口いっぱいに何かを含んでモグモグ咀嚼している。来場者数はたったの五人。相変わらず『過疎配信』である。

表示されている来場者数を見たらしく、

『いらっしゃーい』

とピザ豚まんが見えないリスナーに言った。

『ピザ豚まんわこつ』

孝広がコメントを打った。初コメが画面の右から左に流れる。

『あ、サカッチョ。わこつぅ』

「ねえ兄ちゃん、オイラたちのこと見えてるの？」

孝平が小声で言った。

「いや見えてない。コメントを打つと相手の名前が表示されるんだよ。１８４にしてなければね」

「イヤヨ？　それに『わこつ』って何？」

「イヤヨは名前非表示。わこつは、放送お疲れ様ってとこかな」

「ふうん。で、このピザ豚まんって人何してるの？」

「見て分かるとおり生放送だよ。テレビと一緒」

「じゃあ日本中に流れてるの？」

「流れているっていうより、日本のどこにいてもこの放送を観られるって言ったほうが正しいかな」

「なんで放送なんてしてるの？　全然格好良くないのに。これテレビ出ちゃダメでしよ」

　孝広は、八歳の孝平にこれ扱いされている画面の向こうのピザ豚まんが可哀想にな
った。

「ピザ豚まんは放送するのが大好きで仕方ないんだ」

　孝広はあえて悪い言い方はしなかった。

「何が楽しいんだろうね」

　孝広はそれについては答えられない。

　配信せずにはいられないピザ豚まんの心理が正直理解できないからだ。

　孝広はキーボードに両手を置き素早くタイピングする。

『今隣に孝平がいるよ。一緒に観てるよ』

　コメントが流れるとピザ豚まんがウホホウホホと笑った。

『おーい、孝平観てるぅ？』

「何コイツ、オイラのこと馴れ馴れしく呼び捨てして」

「まあまあいいじゃないか」

『今日はですね――』

　ピザ豚まんがいきなりリスナーに向けて喋り出した。

　来場者数は七。あくまで累計である。今何人が観ているだろうか。孝広だけの可能

性もある。

『レインマンズの動画撮影の予定だったんだけれど延期になりまひて。新作エナジードリンクのレポ動画、近々アップする予定なんでみなさんたのひみにひててください』

孝広は三度キーボードに両手を置く。

孝平がいるのを理由に退室しようと思ったのだ。とても最後まで付き合ってはいられない。最低でも夜中。下手したら朝だ。

孝平とこれから遊びにいく、と入力し、エンターキーを押そうとした、その時だった。

『またこの豚放送してるよ』

右から左にコメントが流れた。

「ねえ兄ちゃん豚だって」

まあいつものこと。孝広はあまりに気にしない。ピザ豚まん自身も気にしてない様子だ。それどころか、

『いらっしゃーい』

と機嫌良く言ったのだ。

『こいつ不登校？　いっつも放送してるけど。豚小屋で配信してるのかな？』

同じ人物だろうか。顔が見えないからって心ないコメントを打つなあと孝広は思う。

『不登校じゃないでふよ。ちゃんと学校行ってまふ』
ピザ豚まんはなぜかまともに相手にする。
『何がまふだよ。豚が。４ねよ』
死ねと入力するとＮＧ設定でコメントが流れないため『４ね』と入力しているのだ。
さすがに死ねはないだろうと孝広は顔の見えない相手に憤る。
『すみまへん豚で』
当のピザ豚まんは孝広とは対照的に何を言われてもウホウホ笑って対応している。
しかし急にピザ豚まんの表情から笑顔が消えた。
画面に、
『もうお前生主引退しろよ』
というコメントが流れたのと同じタイミングだった。
『何年も放送してるのにいつも過疎じゃん』
『……』
『２４時間放送してて常にカッソカソ』
『……』
『才能ねえんだよ豚が』
『……』

『引退しろよ』

『……』

『誰もお前なんて観たくねえんだよ』

ピザ豚まんは黙ったままだ。

じっと画面を見つめている。

その直後だった。

『引退しろ』というコメントが連続で流れ出した。

一人の人物がやっているのだと思われる。
二、三秒おきに、引退しろと流れるのだ。
やがてコメント欄は引退しろの文字で埋め尽くされた。

じっと画面を見据えていたピザ豚まんの身体が突然震え出す。次第に顔面も真っ赤になっていた。

『効いてる効いてる。効いちゃってるよぉ』

ピザ豚まんの口元がかすかに動いた。マイクが拾えないくらいの小さな声だ。

『こんなに荒らしても過疎。来場者数十人とか（笑）』

『……』

『早く引退宣言しろ！』

それが最後のコメントとなった。

突然ピザ豚まんがノートパソコンをバタンと閉めて放送を切ったのである。

降りしきる雨音が部屋を支配する。

孝広は思わず息を呑んだ。こんなこと初めてだったから。

今までどんなディスりコメントが流れてもピザ豚まんは明るく振る舞っていたのに。

孝広は息をするのも忘れて暗い画面をただじっと見つめる。

「あーあ怒っちゃったね」

隣で放送を観ていた孝平が他人事のように言った。

孝広はハッとしてスマホを手に取りピザ豚まんに連絡する。しかし出ない。しつこくかけたがやはり出ない。

諦めて通話を切った。


「なんかムカツクね」

唐突に孝平が言った。

ぼんやりしていた孝広は引き戻されたように孝平を見た。

「ムカツク？」

「だってピザ豚まんは相手の顔が見えないんだろ？　見えない相手にあんな好き勝手言われてさあ。超ムカツクじゃん」

ピザ豚まんがリスナーに腹を立てて放送を中断したのはこれが初めてのことだったから孝広は驚いてしまったが、本当は驚く場面ではない。

あんなコメントばかりが流れたら誰だって嫌な気分になる。むしろこれまで散々言われても放送を続けていたことが不思議である。

「ピザ豚まんっていつもああやってからかわれてるの？」

からかう、という言葉ですませていいのだろうかと孝広は思った。

「そう。まともなコメントが流れたことはほとんどないね。俺の知る限り」

「ふうん。何だか可哀想だね」

ピザ豚まんに無関心だった孝平であるがさすがに同情心が芽生えたようだ。

「もう放送しないかもね」

孝平がサラリと言った。

孝広は深く息を吐く。まったく同じことを考えていた。

「あんなこと言われたら普通嫌でしょ。懲りたんじゃない？」

そうだね、と孝広は返した。

「それより兄ちゃん、アソボ」

ピザ豚まんに何の思い入れもない孝平は切り替えが早かった。

孝広はピザ豚まんが気になるが、

「ああ」

と返事して、

「何してアソブ？」

孝平に尋ねた。

「兄ちゃん考えてよ」

「あ、ああ」

孝広は考えるもののなかなか浮かばない。というより本当は考えていない。ピザ豚まんのことがどうしても気になる。

突然スマホが鳴った。

ピザ豚まんだ、と孝広はスマホを手に取るが、違った。

叔母の京子からメールが届いたのだった。

『今日の晩ご飯どうしよう。今仕事終わってこれから買い物に行くんだけど』

「誰から？」

叔母さん、と言おうとした孝広は寸前で言い留まった。

待て待て、孝平と『お母さん』と呼ぶと約束したではないか。

孝広は一つ咳払いして、

「お母さん」

と言った。

呼び慣れていない孝広は何だかぎこちなかった。

しかし孝平は疑ってくることはせず、

「じゃあ今日は帰るね」

とあっさりとした口調で言った。

「え？」

と孝広は拍子抜けした。

「もう帰ってくるんだろ？」

「これから晩ご飯の買い物するって」

「じゃあ帰る」

「え、どうして。今日からここで暮らせばいいじゃないか」

孝広は当たり前のようにそう考えていた。家族なのだから当然だ。

「二人だって孝平の正体は知ってるわけだしさ」

孝平はそれでも首を振った。

「何でだよ。気にすることないだろ」

「オイラはここにいちゃいけないの」

「どうしてさ」

「コドモランドからやってきた子どもは、人間と暮らしちゃいけないんだよ」

「ナナシがそうだったから、言ってるのかよ」

「まあね」

「お前とナナシは違うだろ？　別に平気だって」

「いいのいいの。どうせまたすぐ来るからさ」

孝平は言いながら孝広の部屋を出た。

「じゃね、兄ちゃん」

「お、おい」

引き留めてもムダだった。孝平はさっさと靴を履いて玄関扉を開けた。

「傘は？」

孝広は諦めて孝平に問うた。

「すぐ止むんだからいらないでしょ」

孝平はそう言うと右手を上げて、

「じゃね」

玄関扉を閉めたのだった。

やれやれと溜息を吐く孝広は自分の部屋に戻って外の景色を眺める。

しばらくして、雨が止んだ。


次の日孝広は普段よりもかなり早めに家を出た。ピザ豚まんのことが気がかりで目覚ましよりも早く目が覚めてしまったのだ。

結局陽介がいつもどおりの時間にふたば園から出てきたのでまったくの無意味であったが。

もっとも陽介が早く出てきたところで結果は同じだった。肝心のピザ豚まんが昼休みの時間にやってきたのだから。

ピザ豚まんは生放送を中断して以来放送していない。

いつもみたいにノートパソコンを手にしておらず、力のない足取りでやってきて重い身体を椅子に下ろした。

配信用のノートパソコンは、通学鞄の中にあるのだろうか。昨日の今日である。部屋に置いたままかもしれない。

孝広はピザ豚まんの感情を読み取れない。

まったくの無表情なのだ。怒っているのか、傷ついているのか。だから声のかけ方に困った。

孝広と陽介は一度顔を見合わせて、同じタイミングでピザ豚まんに歩み寄った。

「おはよう」

陽介が優しく声をかけた。

伏し目がちだったピザ豚まんが顔を上げる。

「いやあ昨日の奴ウザかったなあ」

孝広が明るく振る舞う。しかしピザ豚まんは黙ったままだ。

「あんな奴はあれだ、そう、ＮＧに入れちゃえばよかったんだよ」

ＮＧに入れればその相手のコメントは流れない。

「あそうだピザ豚まん、今日こそレインマンズ２０２の動画撮るぜ！　気にせずテンション上げていこうぜ！」

孝広が肩をパンパンと叩きながら励ますと、ずっと口を閉じていたピザ豚まんがボソリと言った。

「サカッチョと橋くんはいいよな」

二人はそっと視線を合わせる。孝広はどういう意味なのか分からなかった。

「いいよなって、どういうこと？」

「二人はリスナーがたくさんいるじゃないか」

孝広はピザ豚まんの表現の仕方に一瞬戸惑った。

「二人って、いや三人だろ。ピザ豚まんも入れて」

「レインマンズの再生数を増やしているのは二人だろ？　実際二人はクラスで人気者だ」

孝広はまさかピザ豚まんがそんなふうに考えているとは思ってもいなかった。

「何言ってんだよ。レインマンズの再生数が増えてるのはピザ豚まんのおかげだって。ピザ豚まんのキャラがウケてるんだよ」

孝広は本心でそう思っている。しかしピザ豚まんには嘘に聞こえるらしい。

「いいよ励ましてくれなくて」

「いやいや励ましじゃなくて、本当だって」

突然ピザ豚まんがガクリと肩を落として鉛のような重い溜息を吐いた。

「僕はどうしてダメなんだろう」

「ダメって……？」

「生主になってから三年以上が経つのに全然リスナーがついてくれない。いっつも過疎だ。人が来たと思ったらディスコメばかり」

ピザ豚まんは言ったあと、ブルドッグみたいにたるんだ首をブルブルと横に振った。

「いやディスはいい。むしろコメントが流れてくれて嬉しい」

　孝広は、ピザ豚まんがそんな悩みを抱えているとは思いも寄らなかった。過疎だろうが、誹謗中傷コメントが流れようが、楽しそうにやっていたからだ。

　でも実際は『過疎配信』という現実に悩み、苦しんでいた。ナーバスになっていたところに『引退しろ』だなんて、ナイフで心臓をえぐるようなコメントが流れたものだから、ピザ豚まんは配信を中断したのだろう。

「まあほら、あれだよ、ピザ豚まんの生配信って雑談メインだろ？　雑談生主のリスナー数って比較的少ないじゃん？」

「そんなことない」

　珍しくピザ豚まんが語気を強めた。

「雑談メインでもたくさんリスナーがついてる生主はいる」

　孝広はフォローのしようがなくて困り果てる。

「なあピザ豚まん、生主、辞めちゃうの？」

　孝広は恐る恐る尋ねた。

　生主を辞めるということは、レインマンズ２０２の解散を意味する。孝広はそう考えている。

　ピザ豚まんはそれについては答えず、こう言った。

「僕は配信界の人気者になりたい」

目を輝かせて夢を語るピザ豚まんに孝広は呆気に取られる。

「放送開始したらすぐに何千、いや一万以上のリスナーが集まる、超人気生主になりたいんだよ」


放課後、孝広と陽介はピザ豚まんの手を引きながら校舎を出た。

これから磯子駅付近のコンビニで新作エナジードリンクのレポ動画を撮る。もちろんピザ豚まんメインで。

ピザ豚まんは依然元気がないが、一応動画撮影には参加すると言ったので孝広はひとまず安堵したところであった。二人が手を引いているのはピザ豚まんの足取りが重いからである。太っているから尚更だった。

唯一自転車の孝広は急いで駐輪場に向かい自転車にまたがる。すぐに二人に追いついて、ピザ豚まんの横に並んで自転車を押す。

孝広と陽介はピザ豚まんの気持ちを盛り上げようといろいろな話題を振るが、ピザ豚まんは暗いままである。

磯子駅が見えてきたところで孝広はビデオカメラを用意する。

どんな感じで撮影しようか。頭の中で演出を練っていた最中であった。

ピザ豚まんが突然立ち止まり、

「実は」

徐に口を開いた。孝広と陽介は振り返り顔を見合わせる。

「どした？　ピザ豚まん」

陽介が声をかける。

しかしピザ豚まんは陽介ではなく孝広を見た。

「実は、サカッチョがクラスの人気者だから、動画投稿しようって誘ったんだ。サカッチョとなら、少なくとも学校で有名になれそうだったから」

あまりに唐突すぎる告白に孝広はポカンとなった。

孝広は自分がクラスで人気があるなんて実感したことないし、まさかピザ豚まんがそんなことを思っていたなんて夢にも思っていなかった。

孝広は意外すぎて笑ってしまった。

「俺が人気者？　初めて言われたぞそんなこと。全然人気者じゃないから。普通だってば」

放送でのやり取りなら（笑）をつけている。何を勘違いしているんだこの男は。孝広は心の中で言った。

「むしろ橋くんのほうが人気じゃね？」

陽介が自分を指差し、有り得ない有り得ないと手を扇ぐ。

「二人ともクラスの人気者だよ。男子にも女子にも好かれてるじゃないか」

ピザ豚まんは本気で思い詰めている。

確かにお前より人気はあると思うけど、と孝広は胸中密かに思った。

孝広は何だか気まずくて、そっと陽介に視線をやる。

目が合うと、陽介は首を傾げた。うちらのことといいふうにとらえすぎだろ、と言わんばかりの表情であった。

しかし冗談が言える空気ではなく、孝広はかけるべき言葉に悩む。

だんだんピザ豚まんが不憫に思えてきた孝広は、ピザ豚まんが一人でも人気者になれる方法はないか、そしてピザ豚まんがそれを実感し、自信を持てる方法はないかと真剣にアイディアを練る。

「だから」

ピザ豚まんが何かを言おうとした矢先のことだった。

突然ピザ豚まんが、

「ああ！」

と大声を上げ、走り出したのである。

ピザ豚まんの視線の先には覆面を被った男がいた。いつものピザ豚まんと同様、ノートパソコンを手に持ちながら。

孝広はすぐに覆面男の名が浮かんだ。

『縦山ぴんく』だ。あの風貌である。間違いなかった。

超有名生主である。配信界のカリスマと言っても過言ではない。

主に雑談、外配信をメインに放送している生主であり、彼が放送を開始した瞬間一万人以上のリスナーが集まる。

彼は一般的に言う仕事はしておらず、毎日のように生放送を配信している。

彼の収入源は『配信』だ。

コミュニティ登録者が他の生主とは桁外れの彼は運営から広告料としてお金をもらって日々の生計を立てている。まさに『配信業』である。孝広も密かに縦山ぴんくのコミュニティに入っているのだった。

主に東京神奈川で配信をしている縦山ぴんくは、磯子の街を紹介している模様である。しかしそんなのはお構いなしのピザ豚まんが縦山ぴんくに声をかけた。

孝広と陽介も行ってみる。しかし傍まで行くことはせず、会話が聞こえるくらいの絶妙な位置で二人の様子を眺める。

ピザ豚まんが緊張した面持ちで握手を求めた。縦山ぴんくが応じるとピザ豚まんは右手をゴシゴシと制服で拭いて、お願いひまふ、と言った。握手する際、ピザ豚まんの右手は震えていた。

縦山ぴんくが画面の向こうにいる大勢のリスナーにピザ豚まんを紹介した。するとピザ豚まんはカメラに向かってお辞儀した。最後に、生主やってまふ、と宣伝したのであった。

ピザ豚まんは至極興奮状態であり、縦山ぴんくに羨望の眼差しを向けている。こんなにも生き生きしたピザ豚は初めてだ、と孝広は思った。

と同時に、こりゃ思っていたよりも重症、いや重体だと心の中で言ったのだった。


超がつくほどの有名生主である縦山ぴんくと別れたピザ豚まんであるが、その場から動かず、うっとりとした様子で縦山ぴんくの後ろ姿を見つめている。少し離れたところから二人を眺めていた孝広と陽介はピザ豚まんに歩み寄る。しかし隣に立ってもピザ豚まんは二人の存在に気づかない。縦山ぴんくの姿しか眼中にない。

憧れの生主と会話できたのがよほど嬉しかったのだろう。

ピザ豚まんにとってはまさに夢のような時間。

孝広も縦山ぴんくのコミュニティには入っているが、正直ピザ豚まんの気持ちが理解できない。孝広はとてつもない温度差を感じたのだった。寒気がするほどの。

依然幸せの余韻に浸るピザ豚まんに声をかけてもムダだった。まだ夢の中にいるようである。

縦山ぴんくの姿が見えなくなると、

「やった、縦山ぴんくさんとコラボしちゃった」

顔を真っ赤にして言ったのである。

と思ったら、今度は深い溜息を吐いた。

「すごいなあ。一万四千人も来場者がいた。コメ数二万だったよ。僕も縦山ぴんくさんみたいに人気生主になりたいなあ。いつか一万人のリスナーを集めてみたいよお」

孝広と陽介は先程から顔を見合わせっぱなしだ。

孝広は、なかなか困った奴だなあと思う一方で、何とか力になってやりたいと考えている。どうプロデュースすればピザ豚まんが人気生主になれるのか。まずは切っ掛けが必要だった。

孝広はあれこれ思案するがどれも今ネット界で活躍している人気生主のマネばかりだ。

やはりピザ豚まんをスターにするのは容易ではない。とりあえずレインマンズの動画を撮ろうか、と思った矢先であった。

綺麗な紅い夕空に突然雨雲が襲いかかるようにして覆い被さり、雨がポツリポツリと降ってきた。

この天気の変わり方、孝平が現れたに違いない。

まったく、姿を見せたり消したり忙しい奴め……。

呆れる孝広であるが、ふと表情が止まった。

自分の言葉、表現をもう一度繰り返す。

ある映像が思い浮かんだ瞬間脳内に電流が走った。

そうだ孝平を使えば、ピザ豚まんのリスナーが増えるかもしれない。

「やあ兄ちゃん、橋くん、ピザ豚まん」

孝平はなぜかすぐ目の前にあるコンビニから姿を現したのであった。

「コンビニかよ！」

陽介がキレのいい突っ込みをかます。

孝平はエヘヘと笑い、

「最近トイレが多いんだよね」

と言ったのだった。


孝平がどこから現れようがどうでもいい。

孝広は三人をその場に残してすぐ傍にある百円ショップに向かった。

パッと思いついたのが水鉄砲であり、孝広はレジで会計をすませると建物内のトイレで水鉄砲に水を入れ、三人の元に走って戻った。

「なんでいきなり水鉄砲？」

陽介が孝広に言った。

「もしかして兄ちゃん、水鉄砲でアソブの？」

「そう、アソブの」

孝広は言って、孝平に水鉄砲を握らせた。

「え、オイラだけ？　みんなが逃げるの？」

「ちょっと待て」

孝広はすかさず孝平を止め、

「撃つなよ、まだ撃つなよ」

言い聞かせながら、ピザ豚まんに身体を向けた。

「ピザ豚まん、今配信用のパソコン持ってるのか？」

ピザ豚まんの通学鞄を指差して言った。

ピザ豚まんは少し戸惑いながら、

「うっす」

と返事した。

「よし、今から生放送を開始するんだ」

孝広が指示する。しかしピザ豚まんは即座に拒否した。

「何で？　だって雨降ってる。パソコンが壊れちゃうよお」

孝広はリュックの中から折りたたみ傘を取り出し、ピザ豚まんに手渡した。

「これでいいだろう」

「う、うっす」

孝広は次いで孝平に指示した。

「いいか孝平、俺が合図したら、放送してるピザ豚まんのところに走っていって、何してるのか聞け。ピザ豚まんが放送してると答えたら、有無を言わさずピザ豚まんに水鉄砲を発射しろ」

隣にいるピザ豚まんが嫌そうな声を上げた。

「いいからいいから。分かったな孝平」

「オーケー！」

孝平はピザ豚まんが嫌がっているのなんて無視である。やる気満々だった。

「でもくれぐれもパソコンにはかけるなよ。顔だぞ顔！」

「分かったよ兄ちゃん！」

「孝平はピザ豚まんに水をかけたら逃げる。ピザ豚まんは怒って孝平を追いかける。追いかける時は小型カメラを孝平に向けるんだぞピザ豚まん。いいな？」

孝平とピザ豚まんは一度顔を見合わせ、同じタイミングで頷いた。

「じゃあ早速ピザ豚まんは生放送を開始して。くれぐれも俺たちが写らないように。あくまで一人で放送している体だぞ？　いいな？」

「あ、あの、どんな感じで放送すればいいの？」

「適当に喋ってればいい。そうだ縦山ぴんくに会った話をすればいいじゃないか」

ピザ豚まんは返事すると、右手にパソコン、左手に折りたたみ傘を持ちながら外配信の準備を始めた。

「あ、それとピザ豚まん、駅のほうじゃなくて人気のない場所に行ってくれ。配信しながらでいいから」

ピザ豚まんは困惑した表情を浮かべながらもコクコクと頷いた。

孝広と孝平と陽介の三人は離れたところからピザ豚まんを見守る。少し雨が強くなってきたので孝広はリュックの中から『もう一本』の折りたたみ傘を取り出した。

シンプルな黒い折りたたみ傘。

孝平用にと準備していた物である。

三人仲良く身体を寄せ合い雨から身を守る。

「いいか孝平、逃げる時、ピザ豚まんとの差を広げないように注意しろよ」

「うん分かった」

「それで、だ。曲がった瞬間」

孝広は孝平の耳元で『消えるんだ』と囁いた。

「いいか、全然人がいないとこを選ぶんだぞ」

孝平は親指を立て、

「りょーかい！」

得意気に返事した。

最後の演出は当然ピザ豚まんには伝えない。リアルな反応をリスナーに見せたいからだ。

むろん、ピザ豚まんの生放送が常に過疎だということは承知している。だからリアルタイムでその瞬間を目撃するリスナーはほんの少数だろう。

孝広は、録画機能を使って多くの人に放送を観てもらおうと考えている。

生主の放送は常に自動で録画されており、生主がアップすればいつでも再放送が観られる仕組みになっているのだ。

楽しみ楽しみぃ、と孝平が突然声を発した。孝広がしっと人差し指を立てる。

いよいよ放送が始まったようである。

ピザ豚まんはちゃんと指示どおり人気のない住宅地のほうに歩を進めている。

むろん声は聞こえないが、言われたように縦山ぴんくと絡んだ話をしているに違いない。

すぐに孝平が出ていったら不自然である。最低でも三十分は待つ。

そのはずだった。

しかし十五分くらいが経った頃、ピザ豚まんが急に辺りをキョロキョロとし始めた。

陰で様子を見守る孝広は頭を抱える。あれじゃあ孝平を待っているのがバレバレではないか。

孝平もだんだん飽きてきている。

少し早い気もするが、孝広は孝平に襲いかかれと指示を出した。

覚悟ピザ豚まん！

孝平はそう言って、雨の中に飛び出していった。

水鉄砲片手にピザ豚まんの元に走っていき、ピザ豚まんの行く手を阻むようにして回り込む。

「ねえねえお兄ちゃん何してるの？」

いいぞいいぞ。孝広は孝平にグーサインを送る。なかなか自然な入り方だ。演技も悪くない。器用な奴め、と孝広は笑う。

「な、なんか子どもが来たぞ」

辛うじてピザ豚まんの声も聞こえた。孝平とは対照的に大根だが仕方ない。

ピザ豚まんが小型カメラのレンズを孝平に向ける。

「ねえねえ何してるのぉ？」

「な、な、生放送だけど」

ピザ豚まんは極度に緊張しておりどもりが酷い。

「変な奴ぅ。オイラが退治してやる！」

うまい、と孝広は心の中で叫んだ。

孝平が後ろ手に隠していた水鉄砲をヒョイとピザ豚まんの顔に向け、有無を言わさず引き金を引く。

ピザ豚まんの顔にピュッピュッピュッピュッピュッと水がかかる。

口に入った水をブワアと噴いたピザ豚まんが、

「何するんだ！」

野獣のような声で叫んだ。

「やーいやーい、捕まえてみやがれえ」

孝平が指示どおり逃げる。ピザ豚まんも言われたとおり孝平を追う。重い身体をダルンダルンと揺らしながら。

周辺の地理を熟知している孝広は、次の曲がり角だ、と頭の中で言った。

次の曲がり角を曲がってくれれば動画的には最高。大成功だ。

なぜなら軽自動車すら通れないほど狭い道になっているから。猫が好むような超細道だ。

尚かつ即座に隠れられる場所なんてない。だから説得力が増す。より謎が深まる。

あの細道に入れれば絶対リスナーを驚かせることができる！

ピザ豚まんから逃げる孝平が、孝広の望みどおり細道に入った。曲がり角の手前でピザ豚まんとの距離を縮めるためにお尻をペンペン叩いてから。

カランカラン、とプラスチックが落ちる音がした。水鉄砲が地面に落ちたらしい。

間もなくピザ豚まんも細道に入った。

その刹那、ピザ豚まんの声が周囲に響き渡った。

「あれ？　あれえ？　いない！　消えた！」

陰で様子を見守っていた孝広はフフフと笑う。

ピザ豚まんの大根芝居以外は全て企画どおりだ。

今日中に今の放送を再放送としてアップさせる。まずはクラスメイトに動画を告知し、そこから拡散させていく作戦だ。

題名はすでに決まっている。

『いきなり水鉄砲をかけてきた子どもが消えた』

　これで行く。


午前十一時〇分。

三時限目の授業が終わったちょうどその時、二年二組の教室の扉が開いた。

ピザ豚まんである。

案の定の大遅刻だ。それもそのはず。昨夜九時から朝の六時までぶっ続けで放送をしていたのだから。

孝広は夜中の一時までピザ豚まんの放送を観ていた。内容はむろん、昨日の生放送内で起きた出来事である。孝平が突然姿を消した映像を流しながら、繰り返しその時の様子を話したのだった。

孝広が寝るまでの間に放送に訪れたリスナーは一二三人。全員、再放送を観て集まったのだった。

ピザ豚まんは恐らく放送終了までずっと昨日の出来事を話していたに違いない。あれからリスナーだってもう少し増えただろう。常に過疎放送だったピザ豚まんは、百人以上のリスナーが集まり、多くのコメントが流れていることがよほど嬉しかったのだろう。終始テンションが高かった。

　誰よりも遅く教室に現れたピザ豚まんはいつもとは違い生放送を配信しておらず、背筋は悪いが堂々とした足取りで自分の席に向かう。

　皆、ピザ豚まんに注目している。

　ドスン、と席に腰掛けたと同時に、クラスメイト全員がピザ豚まんを囲んだ。

　いつものピザ豚まんなら狼狽えているが、この日は余裕の表情である。

　自信ありげな目で皆を見た。

「おいピザ豚まん、昨日の動画観たぜ。あの子ども何？　やばくない？」

　とある男子が言った。

「ねえあの子どこに消えちゃったの？」

　輪の中から女子の声が聞こえた。

「さあ」

　ボイスチェンジャーを太い声に設定したような声でピザ豚まんが言った。

「僕にも分からないんだよ。確かにあの細道に入ったはずなのに。隠れる時間なんてなかったのにさあ」

　その後も孝平についての質問が次々と飛ぶ。

　孝広は、昨日のピザ豚まんを見ているようで可笑しかった。

昨日の帰り道、ピザ豚まんは別れるまでずっと、孝平がどこに消えたのか教えてほしいとしつこく聞いてきた。

孝広はフフフと笑うだけで結局最後まで孝平の正体を教えなかったのだった。教えなければピザ豚まんの中で謎は深まる。そのほうが自然でいい。現に、クラスメイトの質問に答えるピザ豚まんが困惑している。だからより信憑性が増す。

孝平の正体を知っている孝広と陽介は目を合わせ密かにニヤリと笑ったのだった。

「どうせ台本だろ？」

どこからか、男子の冷めた声が飛んだ。

「台本？」

ピザ豚まんが聞き返す。配信界では『ヤラセ』を意味する。

「どうせCGとか編集でうまくやったんじゃねえの？　消えるなんてあり得るわけないんだから」

「違う違う本当だよ本当に消えたんだ」

ピザ豚まんが必死の形相で説明する。

ピザ豚まんとは違い離れたところから様子を見守っている孝広は冷静だった。動画を偽造したのではないかと疑う者が出てくることを端から知っていたからだ。

孝平の正体を知らない者たちにとったら当然のことだから。

もっとも『台本疑惑』は今に始まったことではない。

すでに再放送のコメント欄には同じようなコメントがいくつか書かれてあるのだ。

その後もクラスメイトたちはピザ豚まんに様々な質問や意見を投げかける。

皆だんだんとヒートアップし始め、クラスはいつしか信じる派と信じない派に分かれ、今度はその者たちが意見をぶつけ合う。討論ではなく言い争いに近かった。

まさに荒れた状態となったわけだが、ピザ豚まんは慌てふためくどころか優越感に浸っている。孝広にはそう見えた。

僕の『配信』がこんなにも盛り上がっている！

孝広は、ピザ豚まんの心の声を感じ取った。

今、ピザ豚まんの脳裏には、ブワっと一気にコメントが流れる様子が映っているのではないか。

脳内からはドバドバとアドレナリンが溢れ出ているに違いない。

脳汁まみれのピザ豚まんは、今にもとろけてなくなってしまいそうである。


はいカーットォッ！

カメラマンの陽介が撮れ高オーケーのサインを出した。

時刻は午後六時三十五分。

レインマンズ202の三人は、磯子駅から程近いところにあるコンビニで新作エナジードリンクのレポ動画を撮っていたのだった。

動画を撮り終えた孝広は、やっとレインマンズの動画が撮れた、という思いであった。とりあえず一安心である。一時はどうなるかと思った。下手したら解散だった。

孝広が心配していたピザ豚まんは今、異常なほど高揚している。むろんエナジードリンクを飲んだからではない。

撮影中はもっとテンションが高かった。

相変わらず滑舌は悪いが、声を張って喋りまくったのだった。

脱力系のピザ豚まんしか知らない孝広は驚きを通り越して唖然としたのだった。動画一つでこんなにも自信がつくのかと。

隣でピザまんと肉まんを交互に食べるピザ豚まんがボソリと言った。

「早く家に帰って放送しなきゃ」

「そんな焦らなくても。昨日も朝までやってたんだ。少し休んだら？」

孝広がピザ豚まんの興奮を落ち着かせるように言った。

「せっかくリスナーが増えたからさあ」

ピザ豚まんは孝広ではなく両手に持つ『まん』を見ながら言ったのだった。

　昨晩は百人以上のリスナーが集まったが、今日はどうだろう。昨日のリスナーは孝平が忽然と姿を消すという動画に釣られて集まった者たちばかりだ。あくまでピザ豚まんの『ファン』ではない。

　確かにリスナーが増える切っ掛けにはなったが、あの動画一つでファンが劇的に増えるとは考えにくい。

　もちろん孝広はピザ豚まんが人気生主になれればいいなと考えている。昨日の動画を演出したのは他の誰でもない孝広なのだから。

　でも一方で、そんな強迫観念にかられなくても、と思う。

「ところでサカッチョ」

　ピザ豚まんが口をモグモグとさせながら言った。

「孝平くんはどうやってあの場から消えたの？　ほろほろネタ明かしひてよ」

　また始まった。しつこい奴である。まあ気になるのは当然だが。

　孝広はフフフと笑って、

「内緒」

　と言った。

「もう、ケチだなあ。孝平くんは今どこ？　家？」

「ああ」

孝広は平然と嘘をついた。

「また昨日みたいに孝平くん登場させてさあ、消えちゃう動画撮ろうよ。孝平くん呼んでよサカッチョ」

「バカ、二度出したらそれこそ台本だってバレちゃうだろ？」

おたふくみたいに頬をパンパンに膨らませているピザ豚まんは、

「あ、ほっか」

口の中の物をボロッと出して言ったのだった。

「アホはお前だ」

ピザ豚まんはウホホウホホと豪快に笑うと、両手に持つピザまんと肉まんを一気に口の中に押し込み、じゃ、と手を上げて帰っていった。

「大丈夫かねピザ豚まん」

陽介が心配する。孝広はさあとしか答えられなかった。

「じゃあ俺もそろそろ」

陽介が、直ったばかりの自転車にまたがる。

「おう橋くん、また明日。あ、てか明日学校あるっけ？」

明日は土曜日だ。孝広たちが通う高校の土曜授業は隔週で行われている。

「あるよ、あるある」

「だよね、じゃあまた明日」

陽介と別れた孝広はビデオカメラをリュックの中にしまって自転車にまたがる。

さてこれから家に帰って動画の編集だ。

そう意気込んだ矢先であった。

夜空から突然パラパラと雨が降ってきた。

孝平だろうか？　辺りを見渡す孝広は、ふと背後に気配を感じた。

孝広は素早く振り返る。すでにTシャツ短パン姿の孝平が立っていた。コンビニの出入口の前だった。

「やあ兄ちゃん」

「まさかまたトイレ？」

「そう。別にウンチとかしたいわけじゃないのにさあ」

そこは小便でいいだろ、と孝広は思うが、あまりにバカバカ過ぎるので突っ込むのを止めた。

「それより兄ちゃん」

孝広は孝平の次の台詞を知っている。

「アソボ」

孝平が言う前に奪ってやった。

「だろ？」

孝平は無邪気な笑みを浮かべたのだった。

正解、と孝平は返事をしたが、真っ暗になった空を見ると、

「あーあ」

と残念そうな声を洩らした。

「夜に来ちゃったね。タイミングが難しいんだよなあ」

誰もいない、何も見えない、真っ白い部屋にいたというのか。

「兄ちゃんもう帰らなきゃだろ？」

いつからそんな気を遣えるようになったんだ、と孝広は思う。

「別にガキじゃあるまいし。帰らなきゃいけないってことはないけどな」

「ううん、いいや。お家まで一緒に帰ろう」

孝広は孝平を家に誘うことはしなかった。またすぐにやってくればいいという思いで、孝平に黒い折りたたみ傘を渡した。

孝広は白い傘である。

自転車を押しながら孝平と帰り道を歩く。黒い傘を差しながらテクテク歩いている

孝平の姿が何だか可愛く思えた。五年前は、ただただ憎たらしい奴だったのに。

「なあ兄ちゃん」

孝平が孝広を見上げた。

「昨日カメラで撮ったやつ、どうだった？」

「ああうまくいったよ。それをインターネットに公開したら、ピザ豚まんの放送にはいつもより多く人が集まってさ。すっごい喜んでいた」

孝広は分かり易いように簡単な表現で伝えた。

「観た人驚いてた？」

「ああすっごく驚いてた」

「へえ、じゃあオイラもう一度出てあげようか？」

ピザ豚まんと同じこと言ってやがる、と孝広は心の中で言った。

「孝平がまた登場したらヤラセだってバレちゃうだろ？」

「あそっか」

反応も同じであった。

「ねえねえそれより兄ちゃん」

「うん？」

「あれ見て。どうしたのかなあ？」

孝平が指差して言った。

孝広は傘を上げて孝平の視線の先を見た。

路肩にタクシーが停車しており、そのすぐ傍でタクシー運転手が雨の中『土下座』している。相手は二十代前半と思われる男性二人組。金髪頭の男がタクシー運転手に何やら因縁をつけている。隣の黒い髪の男のほうは笑っており、その様子をスマホで『撮影』しているのだった。

何があったのか知らないが、孝広は卑怯なマネをする男たちが許せない。

「黒い髪のほうは何してるの？」

「撮影してるんだ。写真か動画か知らないけど。たぶん、今撮ってるやつをインターネットに載せる気だ。最近あんなのばっかりだぜ」

怒りで声が震えた。

「タクシーの人、イジメられてるの？」

「イジメよりもっと質が悪いね。最悪だぜアイツら」

ふうん、と孝平は頷いたあと、

「嫌な世界になったね」

ボソリと言って、男たちのほうに向かって歩き出した。

孝広は悪い予感がしたが黙って後ろをついていく。

ふと、孝平が地面に落ちている空き缶を拾った。

孝平が何をしようとしているのかすぐに察知した孝広は、

「おい！」

とすかさず声をかけたが遅かった。

「お前たち、弱い者イジメしてんじゃねえ。成敗だあ」

やはり想像したとおりであった。孝平が、男たちに向かって空き缶を投げたのである。

孝平が放った空き缶は、金髪男の頭にヒットした。

孝広はさあっと血の気が引く。

バカ！　バカバカ！

頭の中で叫んだ。

ふざけんなよバカ！　何してくれてんだ！

「何だこの糞ガキども！」

男たちが恐ろしい形相で近づいてくる。

「いや、どもって……」

孝平が、手に持っている黒い折りたたみ傘を空にポンと放った。

「兄ちゃん逃げろ！」

孝平はすでに走り出していた。

自転車の孝広は折りたたみ傘をその場に捨てて自転車を方向転換させる。そしてサドルにまたがり一気にペダルを漕いだ。

男たちが物騒な言葉を叫びながら追ってくる。

孝広は孝平の背中を追って自転車を漕ぐ。

孝平は全速力だが、ハハハと楽しそうに笑っている。孝広はすぐにその意味を知った。

住宅街に逃げ込んだ孝平が交差点を曲がった。

間もなく孝広も交差点を曲がったが、その時にはもう孝平の姿はなかった。

「あいつめ……」

孝広は全力でペダルを漕ぎ再び大通りに出る。

何とか男たちをまいた孝広は、もう大丈夫だろうと路肩に自転車を止めた。

白い息をゼーゼー吐きながら空を仰ぐ。

雨はとっくの前に止んでいる。身体が濡れているのは汗だ。脂汗でべっとりだ。

「あの野郎……」

孝平を恨みつつ安堵の息を吐く孝広であるが、再び心臓がドキリと激しく波打った。

突然周辺に爆竹の音が鳴り響いたからである。

それはすぐ先にあるコンビニからだった。

七人か八人か、多くて正確な数は分からないが、中学生と思われる男の子たちがコンビニから飛び出してきた。

皆ゲラゲラと笑っており、一人の男の子がさっきの男たちみたいにスマホで店内の様子を撮影している。パニックになっている店員の姿が愉快で仕方ないらしい。

孝広は瞳に映っている現実を疑う。

愕然とする孝広は急に脱力感に襲われた。

一体今の日本はどうなってるんだ。そしてこの先どうなってしまうんだろう。

『嫌な世界になったね』

寂しげにそう言った孝平の姿が浮かぶ。

孝広は日本の将来を考えると暗澹たる思いになるのだった。


土曜の朝を迎えた。

孝広はいつもどおりふたば園で陽介と待ち合わせして登校する。孝広は開口一番、昨日の撮影後の出来事を陽介に話した。

孝平のせいで危ない男たちに殺されそうになったと話すと陽介は他人事のように笑

ったのであった。

いつもどおりの時間に学校に到着した二人は二年二組の教室に入る。

陽の光が射す教室では、クラスメイトたちがそれぞれ楽しそうにお喋りしている。

普段と変わらぬ光景だった。

やがてホームルーム開始のチャイムが鳴った。ピザ豚まんは相変わらず遅刻である。

どうやら朝方四時まで放送していたようだ。

昨晩は編集作業で忙しかったのでチラっとしか放送を観ていないが、その時来場者数は『３５』と表示されていた。前に比べると多いが、やはり一日でグッとリスナーは減ってしまった。

ホームルームが終わった直後、ピザ豚まんが教室に姿を現した。この日はいつもより早い。遅刻であるが、孝広的にはギリセーフだ。

声をかけに行こうと立ち上がった、その時だった。

ある男子がピザ豚まんの元に歩み寄った。何やら険悪な雰囲気である。

教室中が静まり返った。

「おい豚」

いきなり豚呼ばわりされてもピザ豚まんは顔色一つ変えない。余裕の表情である。

「なあに？」

「てめえ、一昨日の動画やっぱり台本じゃねえか」

孝広のほうがドキリとした。

「昨日よ、あの子どもとサカッチョが一緒にいるとこ見たんだよ」

全員の視線が一気に孝広に集まる。

しかし孝広を責めるような目つきの者はいない。皆ただただ意外そうであった。

「あれサカッチョだよな？　やばそうな男たちに追われてたろ？」

ピザ豚まんを追及する男子が言った。

ピザ豚まんに対する態度とは違い穏やかな口調である。

「あ、いやあ、それ本当に俺だった？」

孝広は惚けるが、顔は強張り全身汗びっしょりだった。

「いいよいいよ誤魔化さなくて。サカッチョ弟なんていたっけ？　あの子、親戚かなんか？」

「あ、いやあ……」

「ねえそれより」

ある女子が言った。

「やばそうな男たちに追われてたって、坂本くん大丈夫？　怪我なかった？」

「全然大丈夫だけど」

孝広は言った直後しまったと心の中で叫んだ。大丈夫、じゃないだろそこは。

嘘がバレてもクラスメイトたちは妙に優しかった。何事もなくてよかった、というように全員がホッと息を吐いたのだった。

「おい豚。てめえ俺たち騙してんじゃねえよコラ」

全員の視線が再びピザ豚まんに向けられた。突き刺すような鋭い目つき。

皆一斉に立ち上がり、ピザ豚まんに詰め寄る。

「台本じゃないってば。本当なんだ。リアルタイムで観てた人に聞けば分かるって」

ピザ豚まんの姿は見えないが、酷く慌てているのが声で分かる。

「この中にいるかぁ？　生放送観てた奴。手挙げろ」

皆無反応である。

「本当だってば台本じゃない」

「CGとかでうまくやったんだろ?」

「やってない。本当に消えたんだ！」

「お前よお、常に過疎だからって台本はよくねえよ。台本じゃなくてリアルで勝負してみろよ。リアルな配信で人集めてみろって。このフカシ過疎生主がよ！」

そうだそうだ、と皆がピザ豚まんを煽る。

次第に罵声へと変わっていった。

「……」

ピザ豚まんは何も喋らない。いや皆の声で聞こえないだけか。

「もういい加減止めろよ！」

孝広が一喝するとピタと静まった。

「そうだよ。もういいだろ？」

陽介があとに続いた。

「サカッチョも橋くんも、何でピザ豚まんなんかを庇うわけ？」

最初にピザ豚まんに詰め寄った男子が二人に言った。

「もうピザ豚まんにかかわらないほうがいいぜ？　こいつマジフカシ野郎で信用できないもん。レインマンズもこいつ抜きでやったほうがいいって。こいつがいたら印象悪いもん」

「ふかーしふかし」

突然別の男子が語り口調で話し始めた。

「あるところにピザ豚まんという過疎配信者がおった。ある日、過疎配信に悩んでいたピザ豚まんは台本で人を集めることにした。しかしあっさり嘘がバレ、ピザ豚まんは生主を引退したのであった。めでたしめでたし」

即興の作り話が終わった瞬間ドッと笑いが起こった。

「おいみんな、あれは台本なんかじゃないんだ」

孝広が皆に呼びかける。しかし飛び交う罵声に掻き消されてしまう。

実際孝平が消える瞬間を間近で見せてやろうかと孝広は思うが、こういう時に限って孝平は現れない。

突然皆がしんと静まり返った。

ピザ豚まんが立ち上がったのである。

皆ゾロゾロと後ずさる。

孝広はピザ豚まんを見た瞬間ゾクリと冷たいものが走った。

曇ったガラス玉のような眼。まるで全ての感情を失ってしまったかのような表情。

ピザ豚まんは通学鞄を手に持つと無言のまま教室を出ていった。孝広は急いで廊下に出て呼び止める。

ピザ豚まんの足が止まり、幽霊みたいにヌラリと振り返る。

孝広はハッと息を呑んだ。

失望に満ちたような、悲しい瞳。

ピザ豚まんはすぐに前を向き直って階段を降りていった。孝広は次の一歩が踏み出せず、結局教室に戻ったのだった。

ダメだダメだと何度も言い聞かせていたのにいつの間にやら耐えきれずに眠ってしまったようだ。

勉強机の前で眠ってしまった孝広は首と腰に痛みを覚える。

時刻は八時四十分。普段なら遅刻である。六時半くらいまで粘っていたような記憶があるが、限界だったらしい。

カーテンの隙間から陽の光が射している。

今日は日曜日だが、孝広は眠っている場合ではなかった。

目の前にあるマウスを握り、ピザ豚まんが現在生放送を配信していないか確認する。

やはり放送していない。放送履歴も更新されていない。一昨日の夜から昨日の朝四時までやっていた放送が最後である。

ぼんやりとパソコン画面を見つめる孝広は、昨日の教室での出来事を思い返す。

あんなことがあったのだ。ピザ豚まんはもう生放送を配信しないかもしれない。

孝広は自分を強く責めた。あんな演出しなければよかったと。

結局は逆効果になってしまった。ピザ豚まんに申し訳ない思いで一杯である。

引退を予感する孝広は椅子から立ち上がると部屋のカーテンを開いた。

雲一つない気持ちの良い青空。孝平が現れない限り、横浜は一日晴天が続くだろう。

今日はいつもより少し暖かい。絶好の行楽日和だ。

孝広は再びパソコンの前に座って、ピザ豚まんが生放送を開始するのを待った。

孝広は半ば諦めているが、他のことなど手につかなかった。じっとパソコンの前でピザ豚まんを待った。

午後一時十五分。

昼ご飯も食べずにピザ豚まんを待ち続ける孝広は疲労困憊しており、さすがにもう限界だった。

少しベッドで眠ろうかと思い、ベッドに横になる。

次の瞬間にはもう深い眠りに落ちて、孝平と青空の下キャッチボールしている夢を見た。

孝平は嘘みたいにコントロールがよくて、しっかりと胸にボールを返してくる。機械の如く正確であった。

なのに突然何かが狂ったみたいに大暴投したのである。

ジャンプした瞬間映像が途切れた。スマホが鳴っている。

飛び跳ねるようにして起き上がった孝広はスマホを手に取る。

『ピザ豚まんさんが生放送を開始しました』

と表示されていた。

時刻は午後三時二十分。

孝広は急いでパソコンの前に座り、ピザ豚まんの放送を観る。

すでに二分が経過しており、画面にはピザ豚まんの顔がでかでかと映っている。

背景が、いつもの散らかった部屋ではない。どうやら外配信らしい。詳細な場所は分からない。どこかの繁華街だ。

来場者数は十二人。コメントは五。

豚、キモ、過疎、４ね、カス、である。

相変わらず誹謗中傷ばかりだが、それでもひとまず安心した孝広はキーボードに両手を乗せてコメントを打つ。

『ピザ豚まん、わこつ』

右から左に孝広のコメントが流れる。

ピザ豚まんがコメント欄を見た。確かに見た。

なのに無視である。ピクリとも反応しなかった。

『ええ、これからですねえ、牛丼屋さんに行きたいとおもいまふう』

孝広は緊張が走る。

ピザ豚まんは明るいが、普通の明るさではない。変なテンションである。

ピザ豚まんはチェーン展開している牛丼屋に入店するやいなや、

『牛丼五杯。全部大盛りで』

と、店員に告げた。

孝広はひとりでに「え?」と声が出た。

『五杯もかよ!』

画面にコメントが流れる。

『さすがピザ野郎。喰うねえ』

『豚過ぎｗｗｗ』

立て続けに三つコメントが流れると、ピザ豚まんはウホホと笑った。

やがてピザ豚まんの前に丼が五つ並べられた。

『五杯! しかも全部大盛りとは! 圧巻だねえｗ』

『五分で食べたら一万やる』

孝広はコメントせず、ただじっとピザ豚まんの様子を見守る。

画面に映るピザ豚まんが、紅ショウガの入った容器の蓋を開けた。

『いい香りでふぅ』

野太い声で言いながら、大盛り牛丼に紅ショウガをどっさりと載せる。

五つ全ての丼に紅ショウガを載せると、小型カメラをパソコンから取り外して大盛り牛丼をアップで写した。

『どうですかみなさん。美味しそうでしょお?』

小型カメラを再びパソコンに取り付けると箸を手に取り、画面に向かって両手を合わせた。

『いただきまふう』

しかしなぜかすぐさま箸を置き、

『と見せかけてごちそうさまでしたあ』

席を立ってレジに向かう。冗談ではなく、ピザ豚まんは一度も箸をつけることなく会計をすませるとあっさり退店したのである。

『大盛り五杯頼んで一口も食べずに帰ってきてやったぜえ』

ワイルドだろ？　と言わんばかりの口調であった。

『おい食べないのかよｗｗｗｗｗ』

『もったいねえ！』

『豚なのに喰わないで出るとかｗ』

『コヤツなかなかやりおるｗｗｗ』

リスナーは盛り上がっているが、孝広は全然笑えなかった。悪ふざけにも程がある。

「何やってんだよピザ豚まん」

画面の向こうにいるピザ豚まんに言った。当然届くはずがない。

『店に戻ったほうがいいって』

孝広はすぐにコメントを打つが、ピザ豚まんはやはり無視だった。

『次はナンパでもしちゃおうかなあ』

孝広は耳を疑った。あの内気なピザ豚まんがナンパなんてできるはずがないし、もっともナンパをしようだなんて考えるはずがない。

孝広は到底信じられなかったが、ピザ豚まんは口だけではなく本気であった。

小型カメラをパソコンから取り外すと、とある喫茶店の前に立つ二十台前半と思われる白いコートを着た女性をチラリと写した。

『あの人いってみまふかあ』

『おい大丈夫か！　かなりのブスだぞ』

『確かにすっげえブスだったｗｗｗ』

『あれならお前でもいけるぞ！』

『ブスで武勇伝とか笑』

『スマートにぶちかましてやれ！』

他にも次々とコメントが流れる。

放送にある違和感を抱いた孝広は画面の右下を見た。

いつの間にか来場者数が四七〇人に増えている。コメント数は五三〇。すぐに五八三に表示が変わった。

　今もひっきりなしにコメントが流れている。

　恐らく牛丼屋での件を見ていたリスナーたちが他の放送に行って拡散したと思われる。

　バカなことやってる奴がいるぞ、とか何とか言って。

　そうでなければこんなにも急にリスナーが増えるわけがない。

『あのぉ、何してるんでふか？』

　ピザ豚まんが声をかけた。緊張した様子はなく、どこかふざけた態度である。

『はあ？』

　女性の冷たい声。顔は映っていないが、孝広は女性の不機嫌な姿が目に浮かぶ。

『これから僕とデートしません？』

『は？　何いきなり。あっち行ってよ』

『ブスなのに断るんでふか？』

　孝広は絶句した。画面に映っている男は本当にピザ豚まんか。

　先の牛丼屋での悪ふざけといい、女性に対する暴言といい、完全に壊れている。孝広はそう思わざるをえなかった。

　唖然とする孝広とは対照的にリスナーたちはお祭り騒ぎである。

『ちょ、おまｗｗｗ』

『ブスって言ったぞ！』

『暴言過ぎる！』

『やべぇｗｗｗ爆笑ｗｗｗ』

『これは女効くわｗ相当効くｗｗｗ』

数秒間、ピザ豚まんの顔が見えなくなるくらいのコメントが流れた。

『いいからいいから行きましょうよ』

『だから行かないって』

『ほら見て、リスナーも喜びますから』

『いい加減にして！』

ピザ豚まんは何度断られても引き下がらない。嫌がる女性を執拗に誘う。相手の迷惑なんて関係ない。放送のことしか頭にないようだった。

画面に貼りつく孝広はあっと声を洩らす。

とうとう手まで引っ張り出したのだ。

『ちょっと！』

女性が叫んだ、その時だった。

『おいどうした』

男の声がスピーカーから聞こえてきた。

『男だｗ』

『やべえぞピザ豚逃げろ！』

『ブスの彼氏だきっと笑』

男性と女性の姿は画面には映っていない。

映っているのはピザ豚まんの顔だけである。

相手が見えないから余計孝広はハラハラした。

『こいつがさあ、しつこいんだよ。私のことブスとか言ったりして』

『あ？　なんだテメエは、ブチ殺すぞこのガキ！　ナメてんのかコラ』

次の瞬間映像が激しく揺れた。

どうやら胸ぐらを掴まれたらしい。

突然の修羅場にリスナーたちは熱狂する。

ピザ豚まんを心配する者など一人もいない。酷いコメントばかりが流れる。

孝広が『逃げろ』とコメントしてもムダだった。孝広自身、自分のコメントがどこに流れたのかすら分からない。

『誰かー』

男に胸ぐらを掴まれるピザ豚まんが道行く人々に向かって叫んだ。

『警察呼んでくださーい。今すぐ警察連れてきてくださーい。この人僕に暴力ふるってまーす』

ピザ豚まんは至って冷静である。いや、完全に相手を舐めている。

周囲に通報を呼びかけたとたん男は怯んだらしく、掴んでいた胸ぐらを離すと女性とともに去っていった。

ピザ豚まんは二人の後ろ姿を小型カメラで写す。

『あは、逃げちゃった』

スピーカーからピザ豚まんの愉快そうな声が聞こえてきた。


画面に映る通行人たち全員がピザ豚まんを振り返る。皆おかしな物を見るような目であった。

画面のど真ん中に映るピザ豚まんは喧嘩沙汰を起こしておきながらも反省の色はまったくなく、むしろ『ドヤ顔』で配信を続ける。

ピザ豚まんの放送は噂が噂を呼び、現在来場者数二三〇〇人。コメント数は三千近くにも上っている。

ますます調子づくピザ豚まんは街をブラブラと歩きながら、

『さてさて次は』

ボソッと言った。

『そろそろ僕がこの街にやってきた爪痕を残そうかな』

次は一体何をする気だ。孝広はもう悪い予感しかしない。

一方リスナーは大盛り上がりである。予測不能なピザ豚まんを期待するコメントが続々と流れる。

いったん立ち止まったピザ豚まんがひょいと一本のマジックペンをカメラに写した。

『放送の前にコンビニで買ったものでふ』

爪痕という台詞のあとのマジックペンである。ピザ豚まんが何をしようとしているのかすぐに察しがついた。

孝広はピザ豚まんが男に絡まれた時激しく心臓が暴れたが、今は別の意味の危機感を抱いている。

『まさか？　まさかまさか？？？』

『参上系ですかｗｗｗ』

『ピザ豚まん参上ｗｗｗ』

リスナーたちもピザ豚まんが何をしようとしているのか分かっている。しかし誰も止める者はいない。

辺りをキョロキョロしながら歩くピザ豚まんの眉がピクリと何かに反応した。

小型カメラを取り外し、それをリスナーに見せる。

ピザ豚まんが注目したそれとは、歩道にポツリと立てられてある小さな小さなお地蔵さんだった。地蔵の前にはみかんやお花が供えられてある。

『あれいっちゃいまふか』

「やめとけ！」

孝広は無意識のうちに叫んでいた。

『ちょちょちょｗ』

『まさかの地蔵ｗｗｗ』

『奇抜すぎるぞ笑』

ダメだ。今いるリスナーは頭がおかしい奴ばかりだ。

孝広は、ピザ豚まんの周囲にいる大人が止めてくれるのを願う。

しかし誰もピザ豚まんを止めてくれる者はおらず、とうとうお地蔵さんに『落書き』をし始めたのである。

眉をひいて、次いでギョロッとした目玉を描いた。

『やべえさすがにバチが当たるｗてか当たれｗ』

『髪の毛も描いてやれよ！』

『通報しましたｗｗｗ』

『涙もかいてやれば？　ｗ』

孝広はいてもたってもいられない気持ちであった。誰も止めないなら、自分が止めに行かないと。

孝広はコメント欄を注視する。

これだけの人数だ。わずかな情報から居場所を特定する『特定厨』がいてもおかしくない。

ピザ豚まんが今いる場所はどこだ！

だが孝広が期待するコメントは一向に流れない。

ピザ豚まんは依然小さな地蔵に落書きをしている。いつしか頬に渦巻き模様を付け加えていた。

『いい加減警察くるぞｗ』

『早く逃げろピザ！』

『器物損壊罪でタイーホ』

ようやくコメント欄を見たピザ豚まんが得意気に言った。

『大丈夫でふ。これ実は水性だから』

マジックペンをしまうと、街でよく配られているポケットティッシュを手に取り、唾でティッシュを濡らして地蔵をゴシゴシと擦る。

ったのだった。

『むしろ落書きする前よりもピカピカになっちゃいましたねえ』

ピザ豚まんは悪びれるどころかリスナーを刺激するかのように、偉ぶった態度で言

とはいえ孝広は安心なんてできない。落書きを消したからいいという問題ではない。

しっかりと消えている、ように見える。

落書きを拭き終えたらしく、小型カメラで地蔵を写す。

『こいつマジおもれえぇｗｗｗ』

『地獄に堕ちろ！』

『唾とかｗひでぇｗ』

配信は荒れに荒れた。ピザ豚まんの言葉と態度がリスナーの怒りに火をつけた。

『開き直ってんじゃねえ！』

『落書き消しても地蔵の顔が不機嫌になってるぞ！』

『なんだそのナメた態度は！』

『４ね４ね４ね４ね！』

『反省してんのかオラ！』

『今すぐ謝罪しろ！』

あるリスナーが謝罪を促した瞬間、『謝罪』の二文字がウジャウジャと流れ出した。土の中から虫が湧いたみたいに。

炎上する配信を黙って見つめる孝広は、本当に彼らは怒っているのか、と疑問を抱く。

実際はパソコンの前でゲラゲラ笑っているに違いない。ピザ豚まんのことなんてどうでもいいと思っている連中ばかりなのだから。

今すぐ放送止めろよ、と孝広は画面に映るピザ豚まんに言った。ピザ豚まんが本当に心配だから。

一方のピザ豚まんは配信が炎上してへこむどころか興奮の色を強めている。

コメント欄が謝罪の二文字で埋め尽くされると、

『じゃあ謝罪しまふ』

と言ってどこかへ歩き始めた。

三分ほどが経過した頃、スピーカーから踏切の遮断機が下りる音が聞こえてきた。

『あの中で謝罪しまふ』

ピザ豚まんはそう言うとパソコンを反転させ地面に置いた。

画面に踏切の様子が映し出される。

一瞬にして緊迫した空気に変わった。

ピザ豚まんが遮断機をくぐって線路内に侵入したのである。

孝広は震えた。コメントを見ている余裕なんてなかった。

何を考えているのかピザ豚まんは線路内のちょうど中央に正座して、カメラに向かって頭を下げた。

何か言ったように見えたが、電車の警笛で掻き消される。

謝罪を終えるとピザ豚まんは立ち上がり線路から離れる。三秒後、電車がものすごい勢いで通過していった。

孝広は椅子にもたれかかって息をドッと吐き出す。

『今日の配信はこれで終わりますぅ』

ピザ豚まんが唐突にそう告げた。

次の瞬間、やめるな、まだ放送しろ、といったコメントが一挙に流れた。

ピザ豚まんはそれが狙いだったのかもしれない。ピザ豚まんとリスナーの立場が逆転した瞬間だった。

『じゃあみんなまたねえ』

ピザ豚まんが放送をブツ切りした。と同時にコメントもストップする。

孝広はすぐにピザ豚まんに電話をかける。

当然ながら、ピザ豚まんは電話に出なかった。

パソコン画面には、放送をブッ切りした瞬間のピザ豚まんの顔がでかでかと映されている。

孝広はとても長い放送に感じられたが、実際はたった一時間程度だった。

最終的な来場者数六七八九人。コメントは七二三四であった。


新しい週の始まりはただでさえ憂鬱だというのに、その上ピザ豚まんの問題が重くのしかかっている。

孝広はいつもどおり陽介と一緒に登校し、二年二組の教室の扉を開ける。

クラスメイトたちが大きな輪を作って何やら会話している。

ピザ豚まんの話題に違いない。誰か知らないが昨日の放送を偶然観た者がいるらしい。

急に教室がしんとなり、全員の視線が孝広と陽介に集まった。

孝広は会話に参加することなく自分の席につく。いつも皆挨拶してくるが、この日は誰も寄ってこなかった。

孝広は重々しい表情でピザ豚まんを待つ。

ピザ豚まんはあれ以来配信はしていない。それでも遅刻してくるだろう。下手したら午後だ。

そんなふうに考えていたまさにその時だった。

ピザ豚まんが教室にやってきた。まだホームルーム前である。

鬱陶しい前髪をサラリとかき上げドスドスと席に向かう。

ピザ豚まんは自信に満ち溢れていた。『有名生主』となった僕を見てくれと言わんばかりの表情である。

ピザ豚まんは席につくなり窓からの景色を眺める。風で前髪がフワリと靡く。

奴は何を勘違いしているんだ。孝広は初めて怒りが芽生えた。

席を立ち、ピザ豚まんの元に歩み寄る。

「ピザ豚まん、昨日の放送、あれなんだよ」

ピザ豚まんは表情の色一つ変えず、孝広の目を見て言った。

「なにって?」

「惚けるなよ。店に迷惑かけたり女の人に暴言吐いたり」

「面白かったでしょ?」

孝広は呆れた。

「何が面白いんだよ。落書きと最後のやつ、あれ一歩間違えたら犯罪だぞ?」

「じゃあ犯罪じゃないんだから大丈夫」

　ダメだ何を言っても通用しない。頭がおかしくなっている。一番重要なネジが外れてしまっているかのようだった。

「最初に約束したじゃないか。誰にも迷惑をかけない。ルールを守って配信するって」

「それはあくまでレインマンズでの話だろ？　僕一人の時は何をしようが勝手だろお？」

　孝広は絶句した。これはピザ豚まんではない。いやこれが本来のピザ豚まんなのか。

「元はと言えばサカッチョが悪いんじゃないか。孝平くんといるところを見られるから」

　ピザ豚まんは責める口調ではなく、薄ら笑いを浮かべて言ったのだった。

　言葉を失った孝広はその場に立ち尽くす。

「もう放っとけよサカッチョ」

　とある男子が言った。

「普通の放送じゃ人が集められないからあんなバカな放送したんだろ？　ああでもしないと人が集められないんだピザ豚まんは。まったく下らねえ奴だぜ。絡まれた時ボコボコにされたらよかったのになあ」

　ピザ豚まんがクラスメイトをキッと睨みつけた瞬間を、孝広は見逃さなかった。

　ピザ豚まんはすぐに普段の表情に戻ると、

「あうるさいうるさい。リアルな配信で人集めてみろって言ったのはどっちなんだよお」

人差し指で耳を塞ぎながら言った。

「やっぱり来るんじゃなかったなあ」

独り言を呟くと、通学鞄の中からノートパソコンを取り出した。

こんな時に放送かよ、と言おうとした矢先、ピザ豚まんが席を立った。

やはり放送を始めたらしく、カメラに向かってこう言った。

「ピザ豚まんの破天荒放送始まりましたあ」

「何が破天荒放送だよバカ」

どこからか冷たい声が飛ぶ。

孝広はバカとまでは思わないが、それに近い思いである。

「え？　今言ったの？　さあ知らない人」

ピザ豚まんはクラスメイトをとことん挑発する。

孝広はピザ豚まんとすれ違う際画面を見た。放送を開始してからまだ一分足らずだというのにすでに一七〇人もの人が来場している。

「え？　今映ったの？　サカッチョだよ。そう友達。格好いいでしょ？」

ピザ豚まんは言いながら教室を出て行った。

「どこ行くんだよピザ豚まん」

引き留める孝広とは対照的に、突然教室内から帰れコールが沸き起こった。

「まったくうるさい奴らでふねえ」

言葉とは裏腹にピザ豚まんの声は嬉しそうである。たくさんのコメントが走っているに違いなかった。

「今からうるさい奴らを一発で黙らせるよ。みんな他のリスナー集めてよ」

今度はなんだ。孝広はゴクと唾を呑む。

ピザ豚まんは一分くらい待って、再び廊下を歩き出す。依然帰れコールは鳴り止まない。

「黙れバカどもお」

突然ピザ豚まんがカメラに向かって叫んだ。

孝広はハッと目を見開いた。

ピザ豚まんが、目の前にある火災報知器のボタンに手を伸ばしたのである。

止めようとしたが遅かった。

非常ベルが校内中に鳴り響く。

ピザ豚まんはウホウホウホオと笑いながら小走りで階段を降りていった。

孝広は一日中ピザ豚まんが気になって授業どころではなかった。

帰りのホームルームが終了するなり教室を出て、急いで自宅に戻ってノートパソコンを起動した。

時刻は午後四時三十三分。

ピザ豚まんは現在生放送を配信していない。朝の放送は十時前には終わっていた。ただ再放送が残されていた。孝広はすぐに再生ボタンをクリックする。

ピザ豚まんが放送開始を告げると、何が破天荒放送だよバカ、というクラスメイトの声が入った。クラスメイトの笑い声がスピーカーから聞こえてくると、たくさんの『w』が画面に流れた。リスナーたちはすでに盛り上がっている。この時点で二百人近いリスナーが集まっていた。

帰れコールが沸き起こる中、ピザ豚まんが火災報知器のボタンを押すと一挙にコメントが流れた。ピザ豚まんの姿が見えなくなるくらいの数である。

非常ベルが鳴り響く中校舎をあとにしたピザ豚まんはスマホを手に取り消防に連絡した。

今学校で鳴っている非常ベルはクラスメイトが悪戯で押した、と平気な顔で嘘をつくと、その足でコンビニに向かい百円ライターを購入し近くの公園へと向かった。

誰もいない公園のベンチに腰掛けたピザ豚まんは身体を震わせ、寒いでふねえ、とカメラに向かって言うと、手に持っていた通学鞄に何の躊躇いもなく火をつけた。

本当は寒くてやったのではないと孝広は確信している。全部演出だ。リスナーを集めるための。

事実破天荒な内容が話題を呼び、どんどん人が集まってくる。この時点で三四五五人。コメント数は二八九〇。どちらも昨日よりは少ないが、昨日は休日の昼間だった。今観ている再放送は、平日の早い時間に配信されたものである。

通学鞄を燃やして暖を取るピザ豚まんが急に立ち上がった。

寒いとおしっこ行きたくなりまふねえ、と呟くと、火を残したまま公園をあとにし、すぐ近くに路駐してある高級外車に小便を放ったのである。

『やりやがったｗ』

『汚ねえ！』

『８９３かもしれねえぞｗｗｗ』

『５６されるぞピザ豚！』

『外車乙ｗｗｗ』

放送が大いに盛り上がりさらに気分を良くしたピザ豚まんはそのあと、ブラブラと適当に歩きながら次の『ネタ』を探す。

やがてピザ豚まんがある場所に目をつけた。それは葬儀会場であった。入口に『高橋家』と案内が出ている。

何をするのかと思えば、案内の横に立ってピースサインしたのである。

あまりにも不謹慎であり、また無神経な行動であるが、リスナーたちは大喜びだった。

またしてもリスナーたちから『謝罪』コメントが流れ出す。むろん誰も本気で怒っていない。ピザ豚まんが土下座する姿を見て笑いたいだけだ。

ピザ豚まんは嫌がることなくリスナーの期待に応えた。昨日と同じように地面にパソコンを置いて少し離れた場所で正座すると、喪服姿の人たちが見ている中で、高橋家のみなさんふざけてすみませんでしたと謝罪したのである。

配信はその三分後に終了した。

ピザ豚まんがこの日の放送を終了すると伝えると、やはり昨日と同様リスナーたちから不満の声が上がった。

しかしリスナーたちがいくら放送延長を求めてもピザ豚まんはリクエストには応えなかった。またしても放送をブッ切りしたのである。

ブッ切りするのは恐らく、次の放送に繋げるためのピザ豚まんなりの演出なのだろう。

事実孝広自身が気になって仕方ない。むろん他のリスナーたちとは心境が違う。なりふり構わぬやり方でリスナーを増やしていくピザ豚まんの次の放送を怖々と待っている。

だんだんエスカレートしていくのは目に見えていた。


翌日、当然のごとくピザ豚まんは学校に来なかった。

学校を休んだにもかかわらず、ピザ豚まんは昼の二時から四時まで生放送を配信したらしく、孝広は教室で再放送を観た。

ピザ豚まんはいきなりストッキングを被って登場した。ピザ豚まんが憧れている超有名生主縦山ぴんくを真似ているのか、それともオリジナリティがあると思ってやっているのか孝広には不明である。

ピザ豚まんはどこかの駅の構内におり、破天荒放送の始まりを告げると、ある人物をカメラで写した。

ある人物とは段ボールの中で寝ているホームレスである。

孝広はまさかとは思ったが、そのまさかであった。

寝ているホームレスに突然声をかけたのである。

寒くないですか？　お金ないんですか？　こんなところで寝て恥ずかしくないですか？　ピザ豚まんがしつこく尋ねるとホームレスが目を覚ました。

年齢は不詳である。汚れたニット帽を被っており、白髭が喉元まで伸びている。顔が赤い。酒に酔っているらしい。

なんだテメエは！　と突然怒鳴られた。

ピザ豚まんは怯むどころかますます調子に乗ってホームレスをからかいまくる。よほど頭にきたらしく、ホームレスが殴りかかってきた。ピザ豚まんは立ち向かうことはせずその場から逃げ去り、ストッキングを被ったまま電車に乗り込んだ。

いきなりストッキングを被った男が乗ってきたものだから車内は騒然となった。乗客はその場から離れ、ピザ豚まんが乗った車両には乗客が一人もいなくなった。

やがて普通に電車は発車したが、すぐに車掌がやってきて、次の駅で降りるよう指示された。

ピザ豚まんが降ろされたのは新橋駅であった。磯子からずいぶんと離れている。孝広はそこでようやくピザ豚まんの居場所を知ったのだった。

車掌と共に新橋駅で降りたピザ豚まんは、まずストッキングを取るよう言われ、素直にストッキングを取った。

しかし反省の色はなく、ストッキングを被ったまま乗ってはいけないんですか、と開き直った態度で車掌に問うたのである。

逆に車掌のほうが困ってしまい、乗客が驚くからそういう行為は止めてほしいとピザ豚まんに説明した。

あくまで放送を盛り上げるためだ、とピザ豚まんが主張すると、車掌はそこで初めて自分が映っていることを知り、放送を中断してほしいと告げた。

ピザ豚まんは最初ごねたが、押し問答の末配信を終えたのである。

リスナーたちは大ブーイングであった。

車掌に負けたピザ豚まんと、配信を止めさせた車掌に対して。

しかし炎上すればするほどリスナーは集まってくる。まさにピザ豚まんの思惑どおりであり、またこの日、いつの日かピザ豚まんが語っていた夢が叶った。

来場者数一万人。

ピザ豚まんが配信を終える間際、来場者数のカウント表示が一〇〇九一人に更新されたのである。

内容が内容だけに、孝広は画面に表示されている数字が不気味に感じた。

明くる日水曜日もピザ豚まんは学校に来なかった。これで二日連続である。

奴はもう学校に来ないのではないかと孝広は予感している。通学鞄を燃やしてしまったのもそうだが、それ以上に傍若無人、というより完全に壊れてしまったピザ豚まんを観ているとそう思うのだ。

放課後孝広は陽介と話し合い、ピザ豚まんの自宅に行ってみよう、ということになった。生放送でコメントしても無視だし、直接電話しても繋がらない。だったら家に行って説得するしかなかった。

孝広と陽介は自転車でピザ豚まんの自宅を目指す。時刻は午後四時三十分。ピザ豚まんはまだこの日の放送を行っていない。放送しなければとりあえずは安心できるが、逆に自宅に向かっているまさにこの瞬間、放送を開始するんじゃないかと孝広はハラハラしている。

孝広とは対照的に陽介は冷静だった。

コンビニにさしかかると、

「そうだあいつに肉まんとピザまん買っていってやろう」

と言った。ピザ豚まんをどうにかしなければならないということで頭が一杯だった孝広は、ピザ豚まんの好物をお土産として持っていくという発想はまったくなかった。

「お腹一杯になれば、心も落ち着くだろう?」

確かにそのとおりだと孝広は思った。

二人はコンビニの駐車場に自転車を停めた。ちょうどその時だった。

紅く染まっていた空が急に雨雲に変わって、パラパラと雨が降ってきた。

孝平だ。そうに違いない。

孝広は今の今まで孝平の存在をすっかり忘れてしまっていたのだった。

もしやと思い店内を振り返る。

やはりそうだった。またしてもトイレから出てきたのである。

店員と客が不思議そうに孝平を見つめている。こんな子どもいたっけ？　というような目である。いや、真冬なのにTシャツ短パン姿だからであろうか。

孝平が不満げな表情で店の中から出てきた。

「いっそのことトイレマンに名前変えたらどうだ？　ピザ豚まんにならって」

孝広が冷やかすと、うるさいやい、と声が返ってきた。

「それにしてもお前寒くないのか？」

孝平は自分の格好を見た。

「全然平気。寒さとか感じないから」

それでも何だか可哀想だ。周りの目だってある。冬用の洋服を買ってやろうと孝広は思った。

「それより兄ちゃん、あいつらにボコボコにされなくてすんだみたいだね。よかった

よかった」

孝平が孝広の顔を見て言った。

そう言われて孝広は先日の件を思い出したのだった。

「そうだよお前、余計なことしてくれたな。本当に危なかったぞ」

「まあまあ、タクシーのおじちゃん助けられたんだから良かったじゃん」

「まあな。てゆうかお前いつから正義のヒーローになったんだよ」

「最初からオイラは正義のヒーローさ」

「はいはい。それより今まで何してたんだよ」

「ちょっと日本を探検してた。いろんなところ行って楽しかったあ。ずっと雨だったけど」

「は？」

「ところで兄ちゃん、ピザ豚まんは？　今日はいないね」

孝広と陽介は顔を見合わせる。

「実はね孝平くん、ピザ豚まんなんだけど、今ちょっと大変なんだよ」

陽介が言った。

「大変？　どしたの？」

「実は――」

陽介が続きを話そうとした、その時である。

「ちょっと待って」

急に孝平が陽介を遮った。

どうやら視界にふと気になるものが映ったらしい。遠い目付きで何かを見ている。

孝広は気になって振り返る。

大通りを挟んだ向こう側の歩道に、黒いセーターにジーンズ姿の男の子が歩いている。

中学一年生か、それともまだ小学六年生か、とにかくそれくらいである。

周りに誰もいないからその少年を見ているはずだった。

あの子がどうかしたのか、と尋ねようとした矢先、

「ちょっと行ってくる」

孝平がいきなり走り出した。

「お、おい、ちょっと！」

追いかけようとした瞬間、今度は遠くのほうから、

「そいつを捕まえろお！」

男性の叫び声が聞こえてきた。

孝広はビクリと肩を弾ませて、声がした方向に素早く視線を向ける。

黒いジャンパーを着た若い男が女性物の赤いバッグを抱えてこちらにやってくる。必死の形相で猛然と走る男の後ろには三人の男性がおり、大声を上げながら男を追いかけている。

孝広はすぐに、男がひったくりして逃げているのだと理解した。赤いバッグが明らかに不自然だった。

捕まえなければ、と孝広は思うが、飛びかかる勇気が持てなかった。

孝広はとっさに自分の自転車のスタンドをおろして、男の進路を塞ぐように自転車を放り投げた。

陽介も同じことを考えていたらしく、孝広と同じタイミングで犯人目掛けて自転車を放った。

男は突然横から出てきた二台の自転車を避けきることができずに衝突し、派手に転んだ。

すぐに男性三人がやってきて、逃げようとする男を三人がかりで取り押さえた。

黒いジャンパーの男が観念すると、

「君たちのおかげだ」

三人のうちの一人が言った。

周りから拍手が起こる。いつしかたくさんの人が集まっていた。

皆、捕まえた三人ではなく孝広と陽介に注目している。

みんな何か勘違いしている、と孝広は思いつつもとりあえず周りに会釈した。

鼻先から、雨水がポタリと垂れる。

孝広は孝平の存在を思い出し辺りを見渡す。まだ雨がパラパラ降っているから孝平は近くにいるはずだが、どこにも見あたらない。向こう側の歩道を歩いていた、黒いセーターを着た男の子の姿もなかった。

勝手にいなくなってしまった孝平に不満を抱く孝広は、感情が表に出ていることに気づくとすぐに笑みを作り、また皆に会釈したのだった。


ひったくり犯が警察に連行されていくのを見届けた孝広と陽介はそのあと、当初の予定どおりピザ豚まんの自宅に向かった。だがピザ豚まんは在宅しておらず、二人は渋々帰路についたのであった。

それから約三時間後の午後八時三十分、ピザ豚まんの生放送が始まった。

部屋にいた孝広は急いでピザ豚まんの放送室に入室する。

画面がパッと切り替わり、ピザ豚まんの顔がでかでかと映る。どうやら今日は外ではなく自宅らしい。相変わらず酷く散らかっている。本当にゴミ屋敷のようだった。

開始三十秒足らずですでに五百人以上のリスナーが集まっている。

『敗北敗北敗北敗北敗北』

『負け豚まんw　だせえｗｗｗ』

『呆気なく帰還ｗ』

『豚野郎、昨日の終わり方、あれなんなんだよ』

『俺たちのコメントは無視かあ？』

『あんなんじゃ納得できねえぞ！』

『悲報、ピザ豚まん敗北』

『情けねえ奴だなあ』

『車掌の完全勝利』

『釈明しろ！　そして謝罪しろ！』

孝広は最初、リスナーたちが何を言わんとしているのか分からなかったが、コメントを読んでいくうちに理解できた。

どうやらリスナーたちは、昨日ピザ豚まんが車掌の言うとおりに従って配信を中断したことに腹を立てており、それを『敗北』とみなしているのだった。

下らない、と孝広はつくづく思った。

何が敗北だ。放送を止めてほしいと言われたのだからそれに従うのは当然ではないか。
リスナーたちは放送を強行させて、車掌と大喧嘩になるのを期待していたのだろう。
放送は早くも炎上するが、ピザ豚まんは余裕の表情である。
『なに余裕こいてんだこの豚は！』
『早く外配信しろ！』
『まさか今日は家で雑談放送じゃねえだろうなあ』
『雑談だったら部屋抜ける』
不満のコメントが続々と流れる。
ずっと黙っていたピザ豚まんが、
『まあまあ』
と口を開いた。
『あのあと車掌が僕に謝ってきましたよ。僕の逆転勝利でふぅ』
ピザ豚まんはそう言うが、現場を見ていないリスナーたちが納得するはずがなかった。
『嘘つけ！』
『嘘豚万！』
『マジ４ね』

『うんこ野郎！』

『お前が謝罪したんだろうがあ！』

放送はさらに荒れるがピザ豚まんは慌てるどころかむしろ面白がっている。

まあまあ、とリスナーたちを宥めると、

『今日はでふね、最初にある動画を観てもらおうと思いまひて。さっき偶然撮れたものでふう』

自信ありげに言った。

すると、ピザ豚まんに怒り心頭だったはずのリスナーたちの態度が急変した。

『おうなんだなんだ』

『早く見せてみろ』

『リアルエロ動画かあ？』

ピザ豚まんはコメント欄を見るとウホホと笑い、

『これでふう』

と言ってマウスをクリックした。

動画が始まった瞬間孝広はあっと声を上げた。

黒いジャンパーの男が、中年女性の赤いバッグを奪おうとしている場面が流れたのである。

場所は京急屏風浦駅のすぐ目の前。磯子駅から程近い、ピザ豚まんの最寄り駅である。

間違いない。先程警察に連行されたあの男だ。

孝広は、まさかピザ豚まんがひったくりの様子を動画に撮っていただなんて思いもよらなかった。

『電車に乗ろうと思ったらひったくり犯に遭遇したんで急いで動画撮ったんでふよお』

ピザ豚まんが興奮交じりに伝えた。

『おう、これはなかなかレアだなあ』

『どっちが勝つかな？　おばはん頑張れ！』

『てかお前助けてやれしｗｗｗ』

ひったくり犯と中年女性は赤いバッグを引っ張り合う。

ひったくり犯が中年女性の腹を蹴り飛ばした。

女性は地面に倒れ頭を打つ。

ひったくり犯は一瞬躊躇った様子を見せるが現場から逃走した。その直後、三人の男性がひったくり犯を追いかける。

ピザ豚まんもすぐに追いかけるが、足が遅いためあっという間に距離が離れる。

追うのを諦めたところで動画は終了した。

『みんなどうでしたかあ？　こんな場面なかなか遭遇しないでしょお？』

ピザ豚まんが自信あり気にリスナーに反応を求めた直後であった。

真っ先に、

『お前は相変わらずｋｚ野郎だなあ』

というコメントが流れた。

『ｋｚ』とは、クズという意味である。

ピザ豚まんもそのコメントを読んだらしく、一瞬にして表情から笑みが消えた。

『お前よお、このあとどうなったか知らないだろ？』

いろいろなコメントに混じって、ｋｚ野郎と打った人物のコメントが流れる。

『このあとお前と同じクラスの坂本と橋本が犯人捕まえたんだぜ？　俺その現場見てたもん。バーカ』

同じ学校の人間だ。

あの群衆の中にいたのか。

孝広はコメントを打っている人物の学年もクラスも分からない。

いやそんなのはどうでもいい。

犯人を捕まえたのは自分たちではない、と孝広は心の中で強く否定した。

現場を見ていたという人物が意図的に話を大きくしているのは明白だった。

ピザ豚まんの自尊心を叩き潰すために。

『お？　同じ学校の奴か？』

『坂本くんと橋本くんナイスだあ！』

『クラスメイトにいいとこ持っていかれたなw』

『豚涙拭けよｗｗｗ』

他のリスナーたちは簡単に話を信じ、ピザ豚まんをからかう。

孝広は一抹の不安を抱いた。

『坂本と橋本は英雄。見てただけのお前はなんだ？　やっぱりただの豚だな。マジ4んでくれよ』

ピザ豚まんは黙ったままだ。

黙ったまま、コメント欄をじっと見ている。

口元が震えているのが画面越しでも分かった。

『効いてる効いてるｗｗｗ』

『キレろキレろｗｗｗ』

『豚効き過ぎｗ』

『そりゃいいとこ持っていかれたら誰でもキレるw』

『ドヤ顔から豚涙目ｗ』

ピザ豚まんにまったく関係のないリスナーたちは言いたい放題であった。

ピザ豚まんを擁護する者は誰一人としていない。全員がピザ豚まんの人格を否定している。

僕の邪魔ばかりしやがって。

孝広は背筋が凍った。今、スピーカーからかすかであるがそう聞こえてきた。人が変わったようなピザ豚まんの声。

誰に向けて言ったのか。孝広は考えるまでもなかった。

自分だと自覚する孝広はキーボードに両手を乗せ、汗ばんだ指先で『誤解だ』と打った。しかし他のコメントに混じってまったく見えない。

『散々言われて悔しくないのか豚！』

『今度はお前が英雄になる番だ！』

『外配信で何かやらかせ！』

『もっと俺たちを楽しませてくれ』

『お前ならできるぞお』

『誰もやったことのないことやってくれ。期待してる！』

ピザ豚まんを応援し、檄を入れているようであるがそうではない。リスナーたちはただ煽っているだけである。

『配信界の伝説になるんだピザ豚まん！』

孝広の中で妙に印象深いコメントが流れた直後だった。

コメント欄をじっと見ていたピザ豚まんがカメラのレンズを真っ直ぐに見た。

『三時間後、夜中の十二時ぴったしに配信するから』

突然そう宣言すると、リスナーに少しの間も与えず配信を終えたのである。


日付が変わったと同時に孝広のスマホが鳴った。

『ピザ豚まんさんが生放送を開始しました』

三時間前の宣告どおり放送が始まった。

パソコンの前で待っていた孝広はすぐにピザ豚まんの放送室に入室する。ひとりでに深呼吸していた。悪い予感しかしないのである。

画面にはまだピザ豚まんの姿は映っておらず、枠の中は真っ暗だ。

放送開始十秒足らずですでに三千人のリスナーが集まっている。孝広は驚異の数に驚いた。

ピザ豚まんが登場する前からすさまじい数のコメントが流れており、そのほとんどがピザ豚まんに対する文句や誹謗中傷である。

パッと画面が切り替わり、ピザ豚まんの顔が映る。しつこいくらいカメラに近い。

『近すぎw』

『キモイぞ!』

『少し離れろ臭せえよ!』

ピザ豚まんがレンズに向かって吐息を吐くと、レンズが曇り、同時にピザ豚まんの顔がぼやける。

ウホホ、とピザ豚まんの笑い声が聞こえてきた。

モザイクがかかっていたようになっていたピザ豚まんがだんだんクリアになっていく。

依然レンズに顔を近づけているピザ豚まんが、周りの風景を見せるようにすっと顔を離した。

ピザ豚まんは夜中の街に出ていた。

『ピザ豚まんの伝説放送始まりましたあ』

孝広は、破天荒から伝説に変わったのが妙にひっかかった。

ピザ豚まんはさっきとはうって変わって明るい。しかし異様なテンションである。

孝広は、ピザ豚まんが何を考えているのかまったく見当がつかない。

『三時間前はキレてたくせにw』

『ムリすんなしｗ』

『ホントは効いてる効いてるｗｗｗ』

『ひったくり犯をただ撮影してただけマンｗ』

『坂本くんと橋本くんに負けちゃんマンｗ』

孝広は自分のことがコメントで流れたのでドキリとした。

もういい、ピザ豚まんをこれ以上刺激しないでくれ。

『お腹空きましたねえ』

ピザ豚まんはコメントを無視して言った。

寒空の中、白い息を吐きながら閑散とした夜道を歩く。

孝広はすぐにピザ豚まんの居場所を知った。磯子駅付近だ。毎日のように見ている景色だから間違いない。

放送を切って、今すぐピザ豚まんの元に行こうか。

そう決意した矢先、ピザ豚まんが二十四時間営業の牛丼屋に入った。

席に着くなり店員に牛丼を注文する。

『どうせまた食べずに出るんだろ？』

『そのネタ飽きたぞｗ』

『みんな飽きてるぞ。過疎放送に逆戻りｗ』

コメント欄をじっと見つめるピザ豚まんが口を開いた。

『ちゃんと食べまふよお。お腹ぺコペコだもん』

他の客に憚らず普段の野太い声で言った。

ピザ豚まんのこのあとの言動が気になる孝広は、すでに立ち上がってはいるがどうしてもパソコンから離れられない。

やがてピザ豚まんの前に牛丼が運ばれた。

ピザ豚まんは幸せそうに笑うと紅ショウガをたっぷりと載せ、

『ではいただきまふ』

割り箸片手に、カメラに向かってお辞儀した。

よほど腹が減っていたのかピザ豚まんはものすごい勢いで牛丼をかきこみ、ものの一分足らずで完食した。

早すぎ、豚すぎ、ピザすぎ、等々たくさんのコメントが流れる中ピザ豚まんが席を立った。

『ありがとうございましたあ』

ピザ豚まんの背後にチラリと店員の姿が映った。店員がレジの前でピザ豚まんを待っている姿が容易に想像できる。

孝広は何事もなくひとまず安堵した。しかしその直後孝広の表情に翳りがさす。

ピザ豚まんがレジを素通りして店を出たのである。次の瞬間、画面の向こう側がまったく見えなくなるほどのコメントがドバッと流れ出す。

『ちょっとお客さん！』

声からして、ピザ豚まんよりもうんと年上の店員である。

『お会計がまだですよ！』

店員は端から強い態度で接する。

だがピザ豚まんは無視だ。

それでも罪の意識があるのだろう。オドオドした表情で、いそいそと歩く。今にも走り出しそうな勢いだ。

『お客さん！　ねえ！　ちょっと！　ちょっとねえ！』

店員がピザ豚まんのすぐ後ろに立ち、肩を掴んだのが分かった。

その刹那、

『もうお願いだから僕の放送の邪魔しないで！』

ピザ豚まんが叫びながら店員を殴ったのである。

『うお！　殴りやがったｗｗｗ』

『ナイスｗ』

『食い逃げしときながら殴るとかｗｗｗ』

『見直したぞピザ！』

『トドメさせ！』

画面の前で凍りつく孝広は絶望した。

昨日までのピザ豚まんの行為は辛うじてグレーゾーンであったからまだ許されたが……。

終わりだ。

とうとう犯罪者になってしまった。

孝広は急に力が抜けて椅子に落ちた。

店員は気絶しているのか？　反応がない。

『誰か、警察……』

スピーカーから店員の声が聞こえた。

ピザ豚まんは倒れている店員とコメント欄を交互に見る。何かに迷っている様子だった。

今いる場所から立ち去るか、否か。

その二つの選択肢で葛藤しているのが孝広には分かった。

孝広は祈る思いであった。罪を犯してしまったのは間違いないが、ここで逃げなければまだ救いの道は残される。

『早く逃げないと警察くるぞおｗ』

『4んでないから大丈夫』

『早く逃げろ！』

『逃げ豚まんｗ』

『逃亡生活配信希望』

いつしかリスナーの数は二万を超えており、無数のコメントが画面を埋め尽くす。

『隠れ家探さないと』

ピザ豚まんが思い出したように言った。

平静を保とうとしているのが孝広には分かる。

画面に映るピザ豚まんが、倒れている店員に背を向けて歩き出した。

『これから電車乗りまふ。場所特定されたくないのでここで配信いったん終わりまふ』

我を失っているような、そんな喋り方だった。

リスナーたちは配信を終えることに不満を爆発させるが、ピザ豚まんは磯子駅についたと同時に配信を終了させたのであった。


いつの間にか学校に行く時間が迫っている。

孝広は一睡もすることができず朝を迎えた。心とは裏腹に雲一つない澄み切った空である。

ピザ豚まんは相変わらず電話に出ない。

家を出る前、ピザ豚まんの自宅にも電話をかけてみた。母親が出たのだが、昨晩家を出たきりピザ豚まんは帰っていない、とのことだった。

ピザ豚まんは今どこにいるのか。何一つ手がかりがない孝広は皆目見当がつかない。

孝広は少し遅れて家を出て、いつもどおり陽介と一緒に登校する。学校に着くまで終始重苦しい空気だった。

二年二組の生徒たちは元より、他のクラスでも昨晩のピザ豚まんの放送が話題になっていた。

すでに教師たちにも知れ渡っており、一番仲がいい孝広と陽介が担任に呼び出された。

どうやら警察がピザ豚まんの行方を追っているらしい。孝広はそれを知って衝撃を受けるが、無銭飲食をしたあげく、店員に危害を加えてしまったのだ。仕方のないことだと自分に言い聞かせた。

担任にピザ豚まんの居所を知らないかと聞かれたが、孝広と陽介は何も知らないと答えた。

孝広はこの日授業どころではなかった。

孝広だけではない。二年二組の生徒全員だ。

授業中、皆しきりにスマホを確認していた。ピザ豚まんの放送はまだか、と。

いつしか全員が、ピザ豚まんの虜になっていた。

自宅に着いたのは四時を少し回った頃だった。

孝広は家に着くなり自分の部屋に閉じこもりパソコンの前に座る。孝広もまた、何かに取り憑かれているかのようだった。

ピザ豚まんはこの日一度も配信していない。

また昨日みたいに夜中だろうか。

そんなふうに考えていた時だった。

スマホが、ピザ豚まんの生放送が始まったことを告げたのである。


孝広は誰よりも先に、という思いでピザ豚まんの放送室に入室した。真っ先にコメントを打てばピザ豚まんの目に止まるはずだから。もっとも無視されるだろうが、それでもいい。孝広は自分の気持ちを伝えたかった。

放送が開始されてからわずか十秒で入室した孝広はノートパソコンのキーボードに

両手を乗せた。

が、すでに来場者数は三千人を越えている。コメント数も尋常ではない。まだピザ豚まんの姿が映し出されていないにもかかわらず、ウジャウジャと無数のコメントが流れている。

全国各地のリスナーが、ピザ豚まんの放送を心待ちにし、放送が始まった瞬間放送室に殺到する。こんな現実、少し前までは考えられなかった。

常に過疎放送だったのが嘘のようである。

孝広はコメントを打つのを諦めた。こんな状況では見てもらえない。

なんだかピザ豚まんが遠い存在に感じた。一緒に動画を撮っていたのが妙に懐かしく思えた。

新作エナジードリンクのレポ動画が脳裏をかすめる。

あの日から、まだ全然日が経っていないのに……。

やがてピザ豚まんの姿が画面に映し出された。

部屋だ。だがピザ豚まんの部屋ではない。それは一目瞭然だった。

ピザ豚まんはパソコンを床に置いて、カメラに向かって胡座をかいている。

よく見れば畳の上だ。

後ろにはモザイク窓。カーテンもなにもない。夕陽の光がやんわりと射している。

画面の端にはかすかに押し入れが映っている。時代を感じさせる襖だ。

家具も何もない、狭くて殺風景な部屋だった。

アパートだろうか。孝広はひとりでに老朽化した外観が思い浮かぶ。想像と、そう遠くかけ離れていないはずだ。

『どーもー、ピザ豚まんの伝説放送始まりましたあ』

昨晩自分が何をしたのか忘れてしまっているかのような脳天気な口調だった。

『ここですか？　場所は言えないけど、昨晩見つけた隠れ家でふ。誰も住んでない超ボロアパートだったんでお借りしてまふぅ』

リスナーたちがどうやって借りたんだと問うと、

『ドアを破壊して入りましたあ』

一切悪びれた様子を見せず、平気な顔で答えたのである。

孝広はただただ溜息しか出なかった。

何してるんだよピザ豚まん……。

『今日からここで生活しますが、実はみんなに紹介したい子がいます』

紹介したい子？

下を向いていた孝広はとっさに顔を上げた。

ピザ豚まんがパソコンに近づき、小型カメラを取り外す。

画面に、赤いワンピースを着た女の子が映し出された。

おかっぱ頭の小柄な体型。見る限り小学校低学年だ。

古びた柱に寄り掛かって、体育座りしている。

俯いているから顔は見えない。震えてはいないが怯えているのが分かる。

女の子は一切ピザ豚まんに視線を向けない。じっと下を向いている。

突如として画面に現れた謎の女の子。

『シャネルたんですう』

ピザ豚まんがリスナーに紹介した。

俄然リスナーたちはお祭り騒ぎとなる。

説明を求める大勢のリスナーたちに、ピザ豚まんが言った。

『可愛いから誘拐してきちゃいました』

女の子を紹介した時とは一転、急に真面目な声色になった。


孝広は戦慄した。

「誘拐……」

冗談ではすまされない。誘拐を計画しているだけならまだしも、すでに女の子を部屋に連れ込んでいるのだから。
「なんてこと」
声が震えた。
狂ってる。そうとしか思えなかった。
『誘拐きたあｗ』
『誘拐は罪重いぞおｗｗｗ』
『まさか誘拐してくるとは！』
『天才ピザ豚まん！』
『よくやった！』
『これで生きる楽しみが増えた。ありがとうピザ！』
信じられないことにリスナーたちはピザ豚まんを絶賛する。
『てかシャネルちゃんてｗ』
『高そうな名前だなあ笑』
『本名か？』
『本名ならキラキラすぎるｗ』
本名みたいでふよ、と言うピザ豚まんの声が聞こえてきた。
ピザ豚まんは依然女の子を写したまま、

『そうなんだよねシャネルたん』
優しい口調で尋ねた。
女の子が少し顔を上げ、小さく頷く。
『みなさん、今日からシャネルたんとここで生活しまふからあ』
冗談なのか本気なのか、孝広には分からない。
とにかく一刻も早く女の子を解放することを願う。
『みなさん、何かしてほしいことありまふかあ？』
ピザ豚まんがリスナーにリクエストを求めると、
『イタズラしてみてｗ』
『野球拳しよう！』
『いやもう脱がそうｗ』
『お前色に染めてやれ』
『奴隷のごとく飼え笑』
『膝枕してもらええええええええ』
ふざけたコメントや卑猥なコメントが一気に流れた。
孝広はリスナーの神経を疑うと同時に激しく憤る。
奴らはピザ豚まん以上にイカれてる。危険すぎる。

『シャネルたんは今何歳かなあ？』

『六歳』

『へえ、じゃあ小学一年生かな？』

『うん』

『好きなアニメとかある？』

『うーん、プリメート』

女の子は怯えながらもピザ豚まんの質問にしっかりと答えていく。

『へえプリメートかあ』

プリメートとは幼い女の子たちの間で大流行しているアニメである。

『プリメートの中で誰が好き？』

ピザ豚まんが質問すると女の子がポッケの中からスマホを取り出し、待ち受け画面に表示されているプリメートのキャラクターを見せた。

『小一でスマホかよ！』

『けしからん』

『没収せよ！』

『さすがキラキラ世代ｗ』

リスナーたちはいちいち過敏に反応する。見る限りまともなコメントしている奴は一人もいない。ガイキチばかりだ。

『シャネルたんスマホ持ってるんだねえ。一緒にアプリゲームしようかあ』

女の子が頷くと、ピザ豚まんは女の子がどんなアプリをダウンロードしているのかを尋ね、あるアプリに興味を示すとすぐにダウンロードし、女の子と一緒にゲームを始めた。

『おい何ゲーム始めてんだよ！』

『イチャイチャしてんじゃねえぞおお』

『小一とプレイw』

『お前は女の子を誘拐してんだぞおお』

『自覚しろお前は王様だぞ。女の子は召使いなんだぞおおお』

ピザ豚まんは時折コメント欄を一瞥するがコメントどころではない。女の子と一緒にゲームで盛り上がる。

そんな最中、

『ねえおトイレ行きたくなっちゃったあ』

突然女の子がピザ豚まんに訴えた。

ゲームに夢中のピザ豚まんはスマホを見ながら、

『行っておいで』

トイレに行くのを許した。

女の子は立ち上がり、画面から消える。

女の子がいなくなったとたん部屋が静まり返った。かすかにゲームの音が聞こえてくる。

殺風景な部屋にピザ豚まんが一人……。

突然ピザ豚まんが顔を上げた。

急いで立ち上がり、部屋から姿を消した。

『あちょっと！』

スピーカーからピザ豚まんの慌てた声が聞こえてきた。

『おいまさか！』

『逃げられた……』

『マジ４ね』

孝広もリスナーたちと同じ予感を抱いている。いやむしろ願っていた。

案の定、部屋に戻ってきたのはピザ豚まん一人であり、

『逃げられちゃった……』

残念そうに呟いたのである。

『バカヤロウ４ねやマジ！』

『せっかくの獲物を！』
『これから楽しもうと思ったのに！』
『簡単にトイレ行かせてんじゃねえ』
『無能な誘拐犯だなあ』
『このｋｚ豚があぁ』
容赦ない罵声が飛ぶ。
孝広は荒れるリスナーたちとは裏腹にひとまず安堵した。
が、それも束の間、
『もう一度誘拐してこい！』
ある一人のコメントを皮切りに、
『そうだそうだ！』
『てめえはもう後戻りできねえんだ。誘拐はよ！』
『誘拐誘拐誘拐誘拐誘拐誘拐』
大勢のリスナーが再度誘拐してこいと煽りだしたのだ。
執拗な要求にピザ豚まんは動揺した仕草をみせ、
『分かりまひたよお』
追い詰められたような表情で言ったのである。

ピザ豚まんはいったん放送を終了し、それからわずか一時間後の六時十五分、放送を再開した。

カメラは部屋全体を映しており、部屋の隅っこに白いダウンを羽織ったショートカットの女の子がアヒル座りしている。年はさっきの子と同様六、七歳か。

画面にピザ豚まんは映っておらず、幼い女の子だけがポツンと座っている、という状況である。

本当に別の子どもを連れ込む気ではないだろうかと考えていた孝広は、カメラが映し出すリアルな光景を見て項垂れた。なぜリスナーの言いなりになるんだ。罪が重くなるだけじゃないか……。

『誘拐きたあああああああ』

『マジで誘拐してきやがったｗｗｗ』

『重罪すぎるｗ』

『今度こそ楽しませてくれよおおおおお』

『しっかり監禁しろよな！』

『ピザはどこ行った？』

『まさかの放置プレイかああ?』

しばらくしてピザ豚まんが画面に現れた。

『ピザ豚まんの伝説放送始まりましたあ』

もういい加減にしろよ、と孝広は画面の向こうにいるピザ豚まんに言った。

『早速みなさんに紹介します。エルメスちゃんでふう』

さっきのは嘘、やり直し、と言わんばかりの明るい調子である。

『またブランドかよw』

『それマジで本名かあ?』

『キラキラネームわろたw』

『ばあちゃんになってエルメスは恥ずかしいぞおおおお』

『キラキラネームつけた親出てこーい。子どもが誘拐されたぞおお笑』

放送は大盛況であり、リスナーたちはピザ豚まんを煽て上げる。

コメント欄を確認するピザ豚まんが一瞬安堵の息を吐いた、ように見えたのは気のせいか。

だが放送が再開されてから五分程が経った頃だった。

さっきまでとは一転、誘拐は台本なのではないかと疑うリスナーたちが現れたのだ。

『シャネルちゃん逃がしたのもワザとなんだろ?』

『お前台本好きだもんなあ』
同じクラスの人間か？　孝広はそう思うが、そんなのは分からない。
『どうせその子も逃がすんだろ？』
『お小遣い渡したんじゃねえの？』
『一時間千円でどう？』
『レンタルわろたｗ』
『レンタル誘拐ｗｗｗ』
『台本台本台本台本台本台本台本台本台本』
台本疑惑をかけられたピザ豚まんが動揺し始めた。
『まさか台本じゃないでふよお』
ピザ豚まんは酷く慌てているが、孝広はむしろ台本であることを願う。
台本ならばまだ安心できる。罪になる前に、さっきみたいに帰せばいいんだ。
『台本じゃない証拠見せろ！』
『親に電話して身代金要求しろ！』
『そうだ身代金だ！』
『電話はよ！』
『一億要求しろ！』

『電話電話電話電話電話電話電話！』

リスナーたちはしつこく迫る。

『わ、分かりまひたよお』

追い詰められたピザ豚まんはスマホを取り出し、女の子に近寄ってコソコソと何かを告げた。

女の子が何か喋っている。

自宅の電話番号らしく、ピザ豚まんが親指を上下左右に動かす。

数秒間、コメントが止まった。リスナーたちが緊張しているのが分かる。

『かけまふ』

孝広は息を呑んで様子を見守る。

『あ』

繋がったらしい。

『エルメスちゃんのお母さんでふか？』

相手の声は聞こえない。

『い、い、今、エルメスちゃんと一緒にいまふ。誘拐しました。エルメスちゃんを返してほしければ一億円用意してください。いいでふね？』

孝広はピザ豚まんの喋り方に疑問を抱いた。ピザ豚まんは極度に緊張しているが、別の意味で緊張しているように見える。
台詞を棒読みしているような不自然さを感じる。相手との間も自然ではない。
かけていないのではないか。
ピザ豚まんは演技をしているのではないか。
孝平を使って動画を撮った時と同じぎこちなさがあった。
孝広は画面に映るピザ豚まんを見て思う。
最初の子を『誘拐』してきた時は狂っていると思ったが、違う。そうではなかった。
ピザ豚まんはムリしてる。
『場所が決まったらまた連絡しまふ』
ピザ豚まんは相手の返事を待つことなく一方的に通話を終えた。
リスナーたちはすでにシラけていた。
『はいはい台本確定』
『かけてないの丸分かり』
『エアー電話』
『エアーとかマジなめてる』
『糞豚まん４ね』
『台本乙』

他にも多数のコメントが流れているが、全て冷めたコメントである。

ピザ豚まんは酷く慌てた。

『台本じゃないでふよお！』

信じる者など誰一人としていない。

台本の二文字がコメント欄を占領する。

『だから台本じゃないって！』

突然ピザ豚まんが叫んだ。

しかしそれは逆効果であった。

リスナーの思う壺であり、リスナーたちはムキになったピザ豚まんをさらに弄って楽しむ。

その時だ。驚いた様子でピザ豚まんを見ていた女の子が急に泣き出した。

ピザ豚まんはあたふたと外の様子に気を配る。

『早くお家帰してやらないと本当に誘拐犯になっちまうぞｗ』

『効いてる効いてるぅｗ』

『落ち着かない誘拐犯だなあｗ』

『早く泣き止ませろ！』

『殴れば一発で泣き止むｗ』

『ムリムリ台本だもん笑』

『台本大根ｗ』

『台本生主はよ消えろ！』

女の子とコメント欄を交互に見るピザ豚まんは酷く混乱しており、今にも爆発してしまいそうである。

『台本じゃないでふよ！』

ピザ豚まんはあくまで台本を否定するが、その主張とは裏腹に配信をブツ切りしたのであった。


配信終了後、孝広はこの日の放送をもう一度再放送で観ようと思ったが、ピザ豚まんは放送を残さなかった。

それが何を意味しているのか考えるまでもなかった。

孝広は無意識のうちにピザ豚まんの過去の放送を再生していた。

まだ過疎だった時代だ。過疎だが平和である。こんなことになるのなら、過疎のままでよかった……。

昨晩一睡もしていない孝広はパソコンの前に座ったまままいつしか深い眠りに吸い込

まれた。長い長い木曜日だった。

金曜の朝は少し雨が降っていた。

天気予報は知らない。最初から雨だったのかもしれない。孝平が現れないのだからそうなのだろう。

孝広と陽介はいつもどおりの時間に学校についた。

学校全体がピザ豚まんの話題で持ちきりである。蔑む者、面白がる者、様々である。

昨日と同様、孝広と陽介は担任に呼び出されたが、何も知りませんと答えた。

全ての授業が終わると孝広は真っ先に教室を出て家に帰り、自分の部屋に閉じこもった。

まるで昨日と同じ。孝広は昨日に戻ったのではないかと錯覚したくらいだ。

唯一違うのは、ピザ豚まんの放送が始まらない、ということである。

昨日は確か午後四時過ぎに放送が始まったが、すでに七時を過ぎている。

孝広はピザ豚まんが気になるが、一方では安堵している。配信の内容が、今後ますますエスカレートするのではないかと危惧していたから。

配信なんかせず一刻も早く自分たちの元へ帰ってきてほしい。

そう願いを込めた、ちょうどその時だった。

午後七時四十五分、ピザ豚まんが生放送を開始したのである。

急いで放送室に入室した孝広は愕然とした。

ピザ豚まんはまだ隠れ家におり、部屋の中央で仁王立ちしている。

部屋の隅っこには天然パーマの男の子。

年は孝平と同じくらいだと思われる。ナイロン素材のロング丈のダウンコートを羽織っており、小さく体育座りしている。

なぜだ、と孝広はピザ豚まんに問いかける。なぜそうも『誘拐ネタ』に拘る？　もう終わりでいいじゃないか。

来場者数は開始一分足らずで一万を超えたが、リスナーたちは昨日以上に冷め切っている。

なんで子どもが替わってんだよ、昨日の子はどうした、また誘拐ネタか、もう飽きた、つまらない等、素っ気ないコメントばかりである。

孝広も最初はリスナーたちと似た思いであった。

つまり台本だと思い込んでいた。

が、開始三分ほどで孝広はある違和感を抱いた。

ピザ豚まんはコメント欄を確かに見ている。なのに冷静なのである。昨日のピザ豚まんなら混乱して、必死に台本を否定していたはずだ。

冷静すぎる。それが何だか不気味だった。

昨日とは明らかに違う。

事実ピザ豚まんはいつもみたいにカメラを向いて、伝説放送が始まった、と伝えることはせず、また男の子の紹介もしない。

ずっと横顔のまま、部屋の隅っこで体育座りしている男の子を見下ろしている。

まさか本当に誘拐してきたのではないか……。

そんな思いが過った瞬間孝広は身震いした。

孝広とは対照的にリスナーたちはまったく相手にしない。台本であると決め込み、ピザ豚まんを執拗にディスる。

ピザ豚まんは無視だ。何も喋ることはせず、男の子をじっと見ている。監視するような目で。

孝広は両手にジワリと汗が滲んだ。

やはりピザ豚まんは本気だ。これは台本ではない。本当に男の子を誘拐してきた……！

なのにリスナーたちはまったく信じようとしない。孝広は幼い頃によく読んだ『オオカミ少年』を思い出した。とてつもなく悪い予感がする……。

何の進展もないまま二時間程が経過した頃だった。
『お兄ちゃん、お腹空いたよお』
男の子がか細い声で言った。
そろそろ十時になろうとしている。何も食べていないのなら当然である。
ピザ豚まんがいったん画面から姿を消した。
ビニール袋の中をあさっているのが音で分かる。
間もなく、ピザ豚まんがおにぎりとパンを持って戻ってきた。
体育座りする男の子の前にパンを放る。まるで檻の中の動物に餌を与えるかのように。
男の子は慌てた動作でパンの袋を開けると一口齧り、安堵の表情を浮かべた。
ピザ豚まんはおにぎりを食べながらその様子をじっと見ている。
リスナーたちは相変わらず緊張感がない。ピザ豚まんをバカにしまくっている。
ピザ豚まんがふとパソコンのほうを見た。
おにぎりを咀嚼しながらレンズを見据える。
突然腰の辺りから何かをスッと取り出した。
その物体の正体を知った孝広はブルと震えた。
ナイフである。

刃がヌラリと怪しげな輝きを放った。

ピザ豚まんは口の中のおにぎりをゴクリと飲み込むと、刃先をカメラに向けてこう言った。

『いい加減黙れ。静かにしないと人質刺し殺すぞ？』

孝広は凍りついた。


一瞬にして空気が変わった。

リスナーたちのコメント内容も一変する。ようやくピザ豚まんが本気であると知ったのだ。だが男の子の身を案じる者は少ない。ほとんどのリスナーがナイフで盛り上がり、中には最悪な展開を期待する者もいる。

いつしか来場者数は五万を超えていた。画面には無数の文字。

孝広は心が騒ぐ。

暴れる心臓が、さらに激しく脈打った。

ピザ豚まんが男の子に刃先を向けたのだ。男の子はギュッと目を瞑る。

『おいしかった？』

ピザ豚まんが抑揚のない声で尋ねた。

男の子はそっと目を開けて、うんと頷く。

孝広はドッと力が抜けた。魂までもが抜けてしまいそうだった。

祈るような思いで、再び画面に映る二人の様子を見守る。

依然画面の向こうは緊迫した状況である。一方リスナーたちは大興奮であった。

コメント欄とは裏腹に、部屋の中は静かだ。

どちらも口を開くことはない。ただただ時間だけが過ぎていく。

男の子がふと立ち上がろうとしてピザ豚まんがナイフで動きを止めた。

男の子はおしっこに行きたいと言う。だがピザ豚まんはトイレも許さなかった。まだ我慢できるだろうと言ったのだ。男の子は素直に頷いた。

それからまた沈黙の時が流れた。気づけば時刻はもうじき午前十二時を回ろうとしている。放送が開始されてからすでに四時間が経っていた。

部屋の隅っこで体育座りする男の子がソワソワとし始めた。

孝広は、男の子の尿意が限界まできているのだと思った。

だがそうではなかった。

『お兄ちゃん今何時？』

急に時間を気にしだしたのだ。

ピザ豚まんは答えない。

『お父さんとお母さん、今頃どうしてるかなあ』

寂しげな声。

『静かに』

ピザ豚まんがピシャリと言った。

『お家、帰りたいなあ……』

『静かにして！』

煩いからではない。明らかに男の子が喋るのを嫌がっている。孝広にはそう見えた。

スピーカーから、グスングスンと鼻をすする音が聞こえてきた。

『やっぱり僕いらない』

『おい！』

ピザ豚まんが被せるように言ったが、孝広は男の子が何と言ったのかハッキリと聞き取った。

『怪獣ウォッチのスペシャルカードいらないから帰りたい』

怪獣ウォッチとは、今巷で大人気のアニメである。

怪獣ウォッチのスペシャルカード？

孝広は頭がこんがらがって状況をすぐに把握できなかった。

実はこれも台本だったのか……？

男の子が暴露した瞬間リスナーたちは興醒めし、配信は大炎上した。

『やっぱり台本じゃねえか！』

『てめえ何取引してんだよ！』

『なめた態度とりやがって！』

『マジで騙されるとこだった』

『今回こそはと思ったのによおおおお！』

カメラに背中を向けていたピザ豚まんがパソコンを振り返る。

『てかもうお前の放送飽きたわ』

『二度と放送観ないからなあ』

『コミュニティ抜けるわ』

『俺も』

『俺も』

『あ、俺も』

『てか俺はコミュニティすら入ってないｗ』

本音はどうか知らないが、リスナーたちはピザ豚まんを切り捨てるようなコメントを連発する。

『さよならピザ豚まん』

『今まで楽しくなかったよ』
『お疲れ様でした』
『引退おめでとう』
ピザ豚まんの表情に焦りの色が滲む。
身体がプルプルと震えだし、レンズに向かって刃を向けた。
『うるさい黙れ黙れ黙れ！　人質刺し殺すぞ！』
音が割れるほどに喚いた。
しかし全てが台本だと知ったリスナーたちには一切通用しなかった。
『やれるものならやってみろ台本役者が』
『どうせやれないんだろ？』
『実はそのナイフもオモチャじゃね？』
『あ、オモチャっぽいｗｗｗ』
『だせえええええええええええええええ』
『はよやれ』
『はよはよはよはよはよはよはよはよ！』
孝広はやめろと叫んだ。
ピザ豚まんはパニックに陥っている。

これ以上刺激するな本当にやりかねない！　孝広はムダだと分かってはいるが、
『落ち着いて』
と入力する。
エンターキーを押そうとした次の瞬間、
『ピザ豚まん指名手配きたぞおおお』
突然ある一人が速報を伝えたのだ。
そこから一気に感染したように、
『今ニュースでやってるぞ！』
『逮捕くるぞおおお』
『ピザ豚まん容疑者ｗ』
『速報きたあああ』
『その子佐藤太郎くんて名前だろ！』
『シャネル、エルメスの次が太郎くんだたから超わろたｗｗｗ』
『逃げろピザ豚まん～』
『警察くるぞぉぉおうぉぉおう』
多くのリスナーが最新ニュースを伝えたのである。
孝広はテレビを確認するまでもなかった。

数多くのリスナーたちが一斉にそう報じたのだ。ピザ豚まんが指名手配されたという情報は事実だろう。

「もうやめようピザ豚まん」

自首するんだ。

孝広はカメラを睨みつけているピザ豚まんに言葉をかける。

ピザ豚まんの鋭い眼が、男の子に向けられた。

『約束破るからこうなったんだ』

男の子は立ち上がり壁に貼りつく。

『何もしないって、言ったじゃないか……』

男の子の震えた声。

ピザ豚まんがすかさず退路を塞ぐ。

ナイフを左から右に持ち替えた。

一歩、また一歩と男の子に近づいていく。

『ころ、さないで』

壁にベタリと貼りつく男の子がすり抜けるようにしてピザ豚まんから逃げる。

しかし退路はない。ピザ豚まんは重い身体をクルリと反転させ男の子に迫る。

その時だった。

男の子がパソコンを蹴ったのか踏んづけたのかは不明だが、突然映像が激しく揺れ、カメラが天井を写した状態で配信がストップしたのである。


カチカチカチカチとマウスのクリック音が小さく響く。

更新ボタンを何度押してもムダだった。

やはり電波の乱れによるものではない。

やがて、配信は終了しました、という表示が出た。

隠れ家の様子が頭に浮かぶ。どうしても悪い想像ばかりしてしまう。

孝広は気が気ではなかった。

じっとしていられず立ち上がる。部屋を出てリビングのテレビをつけた。

ちょうどピザ豚まんの事件が報じられていた。ピザ豚まんと男の子が隠れ家で夕食を食べている様子が映し出され、現在警察が二人の行方を追っている、とアナウンサーが伝えた。

孝広はテレビを消し自分の部屋に戻る。

どうすることもできず、ただただ時間ばかりが過ぎていく。不安と苛立ちが募る一方であった。

男の子の身を案じる孝広は無事であることをひたすら願う。

突然スマホが鳴った。生放送開始を告げる音ではない。

着信である。

あれから一時間半が経った、午前一時三十分のことだった。

橋くんからだろうとスマホを手に取った孝広は俄然心臓が暴れた。

ピザ豚まんからである。

急いで電話に出た。

「もしもし！」

「サカッチョ？」

機械で変えたような、野太い声。確かにピザ豚まんの声だ。

放送とは一転落ち着いている。正気に戻ったようだ。

「うん」

孝広は声が震えた。

「とうとう指名手配されちゃったみたいだね」

もうとっくに追われてる。しかしそんなのはどうでもいい。

「男の子は？」

恐る恐る聞いた。

「何もしてないよ。するわけないじゃないか。全部台本なんだから。男の子が約束破ったのと、パソコン踏んづけられて壊れたのは想定外だったけど」

孝広は一気に力が抜けてベッドの前でしゃがみ込んだ。

「そう。良かった……」

「本気で誘拐なんて僕にはムリだよ。そんな度胸ない」

「そんなことより今どこ？　一緒に警察行こ？」

ううん。

ピザ豚まんが拒んだ。

「サカッチョにお願いがあるんだ」

唐突すぎて孝広は反応が遅れた。

「なに？」

「これから僕の動画を撮ってほしい。パソコン壊れちゃったから配信できないんだ」

「こんな時に配信だなんて何言ってるんだよ」

「僕は配信し続けなければいけないんだ」

孝広はこの時一抹の恐怖を抱いた。

ピザ豚まんは正気なようで正気ではない。

依然強迫観念に取り憑かれている。

「実は今、学校にいるんだ」

「え？　学校って」

「僕たちのさ」

孝広は予測すらしていなかった。

「今から来てほしい。そして動画を撮ってほしいんだ」

孝広は返事に迷う。

「あと、みんなを学校に集めてくれないかな」

「みんな？」

「サカッチョが知ってる友達みんな。僕サカッチョと橋くん以外友達いないからさ」

寂しげな声だった。

「呼んで、どうするんだよ」

「一人でも多くいたほうが放送は盛り上がるだろう？」

ピザ豚まんは一転弾んだ声で言った。

孝広は言葉を返すことができない。

数秒間の沈黙のあと、ピザ豚まんが口を開いた。

「ねえサカッチョ」

孝広はうん？　と返事する。

「配信者って大変だね。常に新しいことをしなければならない。リスナーたちに飽きられちゃうからね」

「新しいことって。もう十分だろ？　リスナーだってたくさんついたじゃないか」

「ううん。まだ」

孝広は言葉に詰まる。ピザ豚まんは一体何を考えているのか。

「もうさすがにやり尽くしたと思ったけれど、まだあったよサカッチョ。誰もやってないことが」

「誰も、やってないこと？」

ピザ豚まんはそれには答えず、

「待ってるよサカッチョ。ビデオカメラ持ってきてね」

不気味なくらい穏やかな口調で言った。

ピザ豚まんは孝広に一瞬の間も与えず一方的に通話を切ったのだった。

孝広は考えるよりも先に身体が動いていた。ビデオカメラが入ったリュックサックを背負い家を出る。階段を駆け下り自転車置き場に向かった。

孝広はまず陽介に連絡をした。

次いで、ＳＮＳを使って皆に呼びかけた。

ピザ豚まんから学校に集まってほしいと連絡があった、と。

ピザ豚まんの指示に従ったのは、言うとおりにしなければ今以上に暴走するのではないかと不安に思ったからだ。
孝広は凍てつく寒さの中、猛然とペダルを漕いだ。

校舎のほうからかすかに非常ベルの音が聞こえてくる。
校舎であれば間違いなくピザ豚まんだ。
孝広の白い息が舞う。
間もなく学校に到着し、正門前に自転車を止めて校門を乗り越える。
校舎内で非常ベルが鳴っている。
孝広は真夜中のグラウンドを全力で走った。
玄関口のガラスが派手に割られている。ピザ豚まんでも余裕で入れるほどの大きな穴。
孝広は正門のほうを振り返る。誰かがやってきた。
陽介である。孝広と同様呼吸が乱れている。
「サカッチョ、ピザ豚まんは」
「たぶん中にいる」

「男の子は？」

「大丈夫。何もしてないって。全部台本だって」

「何が台本だよ。全部リアルになっちゃってるじゃないか」

橋くんの言うとおりだ、と孝広は思った。

本人は台本のつもりでやっていたのだろうが、全て台本の域を超えている。結局指名手配までされてしまったのだから。

リスナーがただ台本だと煽っていただけだ。

孝広と陽介はどうするべきか話し合う。校舎に入るか否か。

そうこうしている間に二年二組のクラスメイトや小中時代の友人などが続々と集まってきた。

孝広の友人だけではない。他のクラスや他の学年の生徒たちもいる。

まったく知らない顔も混じっていた。暗いからハッキリとは分からないが、実は知らない顔のほうが多いのかもしれない。

友人の誰かが拡散し、情報を知った者がまた拡散する。ピザ豚まんは今の状況を作り出そうとしていたに違いない。

みるみると数は増え、グラウンドには ザッと三百人近い『リスナー』が集まった。

皮肉なことに警察は最後だった。

三十人近い警官がやってきて、校舎内に入っていく。

ちょうどその時だった。

「サカッチョ！」

空からピザ豚まんの声がした。

ザワザワとしていたリスナーたちがピタと静まり返る。

「カメラ撮ってる？」

屋上か。

孝広は言われてやっと思い出した。リュックの中からビデオカメラを手に取る。

むろん撮影なんかしている場合ではない。

そんなのは知っている。それでも孝広は録画ボタンを押した。今はピザ豚まんの指示に従うしかなかった。

「撮ってるよ」

緊張交じりの声で言った。ピザ豚まんの耳には届かなかったかもしれない。

すると空から、

「ありがとう」

と返ってきた。心のこもった声。間違いなくいつものピザ豚まんだった。

だがそれはほんの一瞬だった。

「今誘拐した男の子と一緒にいるんだ」

屋上にカメラを向ける孝広は息を呑む。

また異様なテンションのピザ豚まんに戻ったのだ。

「それ！」

ピザ豚まんの声と一緒に何かが降ってきた。

クルクルと回る、五体の物体。

人間だ……！

と思いきや、地面に落ちたそれはフワリと軽かった。

ぬいぐるみだった。

ボロボロになったサルのぬいぐるみ。道中どこかで拾ったのだと思われる。

男の子が降ってきたとばかり思っていた孝広はその場に屈んだ。心臓が破裂しそうである。

孝広とは対照的に他のリスナーたちは激怒した。ふざけんな、早く出てこい、豚、デブ、巨漢など、罵声が飛び交う。

「お遊びはここまでにして」

野太い声とともにピザ豚まんが姿を現した。

屋上に警察が駆け付けたらしく、すかさずリスナーたちに背を向けた。

「来るな！」

ピザ豚まんの叫び声が夜空に響く。

再びリスナーたちを振り返ると、目の前に立ちはだかる鉄柵を乗り越え校舎の絶壁に立った。

「サカッチョ、ここだよ」

ビデオカメラを降ろしていた孝広は言われたとおりピザ豚まんを撮る。

ピザ豚まんが、真夜中のグラウンドを見渡した。

「想像以上に集まりまひたねえ」

興奮するピザ豚まんとは裏腹にリスナーたちの態度は冷たい。

「ではピザ豚まんの伝説放送始めまふう！」

グラウンドにピザ豚まんの声が反響し、やがて静寂に包まれる。

「ピザ豚まん」

孝広が放送を中断して言った。

「もういいよ。降りてきてくれよ」

ピザ豚まんが首を振ったのが分かった。

「ダメだよ。降りたら捕まって、伝説作れないじゃないか」

「何が伝説だバーカ」

遠くのほうからピザ豚まんを非難する声が上がった。

「全部台本のくせによお」

そうだそうだ、と皆が続く。

「これは台本じゃないよ」

急に感情をなくしたような声が屋上から返ってきた。

孝広はブルと心臓が震える。撮影しているのがだんだん怖くなってきた。

グラウンドが一瞬静まり返る。

再びリスナーたちが騒ぎ出した。

やがてある一人が、

「だーいほん」

と手拍子に乗せて煽りだした。

別の一人が手拍子に合わせてだーいほんとリズム良く言う。

手拍子はだんだんと大きくなっていき、リスナーたちの台本コールが始まった。

やめろ。それ以上煽るな。ピザ豚まんを刺激するな。

「やめろお！」

孝広が大声で叫ぶとピタとコールが止んだ。

「ほらほらサカッチョちゃんと撮って」

ピザ豚まんが静寂を破る。

「おまえよお」

近くの誰かが言った。

「さっきからそればっかりじゃねえか。サカッチョ撮ってまふかあって」

どっと笑いが起こる。

「伝説伝説って、一体なにするんだよ。そこから飛び降りてみるかあ？　ええ？」

「そうですね」

何も考えていないような、簡単な返事だった。かといってふざけている感じでもない。

「飛び降り動画なんて誰もやったことないですしね」

リスナーたちの緊張が高まる中、ピザ豚まんが言った。

「これで僕は配信界の伝説になりまふ」

ピザ豚まんは最初から校舎から飛び降りるつもりだったのだ。

孝広が止める間もなく、次の瞬間にはもう、ピザ豚まんは地面に落ちていた。

孝広は思わず顔を背ける。鈍い音がグラウンドに伝わった。耳を塞ぎたくなるような嫌な音だった。

ピザ豚まんが飛び降りたというのに、グラウンドは異様な程静かだ。

そっと目を開けた孝広は戦慄が走った。

ピザ豚まんの姿に、ではない。

大勢のリスナーたちにである。

ピザ豚まんが飛び降りたというのに誰も助けようとする者はおらず、それどころか、アリが餌に群がるようにピザ豚まんを取り囲み、スマホで無残な姿のピザ豚まんを撮影していたのである……。

エピローグ

一週間後、孝広と陽介はピザ豚まんが入院している磯子区内の総合病院を訪れた。

本当はすぐにでも見舞いたかったのだが、ずっと面会謝絶の状態が続いていたのだ。

ようやく面会の許可が下りたので孝広はホッとしている。しかし一方では、ピザ豚まんに会うのが怖い気もする。

病室を訪れる直前、廊下でピザ豚まんの母親に会った。タイミングが良いのか悪いのか、ちょうどピザ豚まんは眠ってしまったらしい。ならば姿だけ見て帰ろうと、ピザ豚まんが眠る個室にそっと入った。

ピザ豚まんの姿を目の当たりにした孝広は衝撃が走った。

目と鼻以外、全部に包帯が巻かれている。

まるでミイラのように。

覚悟はしていたが、やはり実際見るとショックである。

いやむしろ安堵すべきなのだ。一命を取り留めたのだから。校舎の屋上から飛び降りて生きているのは奇跡だ。アスファルトではなく、地面がグラウンドだったのが良かったらしい。

ピザ豚まんの身体は今、首以外自由に動かせる箇所がないらしい。地面に叩きつけられた瞬間ありとあらゆる骨が粉砕してしまったそうだ。また内臓にも損傷を負っている。

最悪どこかに後遺症が残る可能性がある、とのことだった。

孝広はピザ豚まんの姿を見ていると胸が痛む。様々な罪を犯したピザ豚まんには心から反省してほしいが、ある意味ではピザ豚まんも被害者だ。

孝広は今も自身を強く責めている。

ピザ豚まんが暴走する切っ掛けを与えたのは自分なのだ、と。

孝広は顔の見えないリスナーたちに怒りを抱く一方、恐ろしさを感じている。生主がどうなろうが関係ない。自分たちが面白ければそれでいいのだ。

レインマンズ２０２は解散しようと思う。とても動画を作成しようなんて気にはなれない。

むろん『最後に撮った動画』は消去した。

今回の件で、さすがにピザ豚まんも懲りただろう。あの時の動画をアップしたい、だなんて言ってくるはずがない。

「行こうかサカッチョ」

孝広は頷き、振り返る。

と同時に『ある物』が視界に飛び込んできた。

孝広は思わず立ち止まった。

扉の傍に棚があるのだが、棚の上にノートパソコンが置いてある。入室した時は全然気づかなかった。

母親が用意したものだろうか。新品のパソコンだ。

なぜか、蓋が開いている。

もっと不可解なのは、小型カメラが取り付けられており、レンズがピザ豚まんのほうを向いている、ということだった。

孝広は悪寒が走った。

しかしすぐに心の中で否定した。

まさかそんなはずはないと。

孝広は気になるが、画面を確認することはしなかった。

やはりどこかで嫌な予感を抱いているからだ。

病室を出た孝広は陽介と並んで廊下を歩き、エレベータは使わず階段を下りる。

正面玄関を出る直前、孝広ははたとあることを思い出した。

孝平だ。
そういえば孝平はどうしたんだろう。
黒いセーターを着た男の子を追っていなくなったきり、姿を現していない。
孝広は首を傾げるが、まあいかと言って病院をあとにした。

つづく

本書は文庫書き下ろし作品です。

この物語はフィクションであり、実在する事件・個人・組織等とは一切関係ありません。

文芸社文庫

配信せずにはいられない

二〇一五年四月十五日　初版第一刷発行

著　者　山田悠介

発行者　瓜谷綱延
発行所　株式会社　文芸社
〒一六〇‐〇〇二二
東京都新宿区新宿一‐一〇‐一
電話　〇三‐五三六九‐三〇六〇（編集）
〇三‐五三六九‐二二九九（販売）
印刷所　図書印刷株式会社
装幀者　三村淳

ISBN978-4-286-16398-7

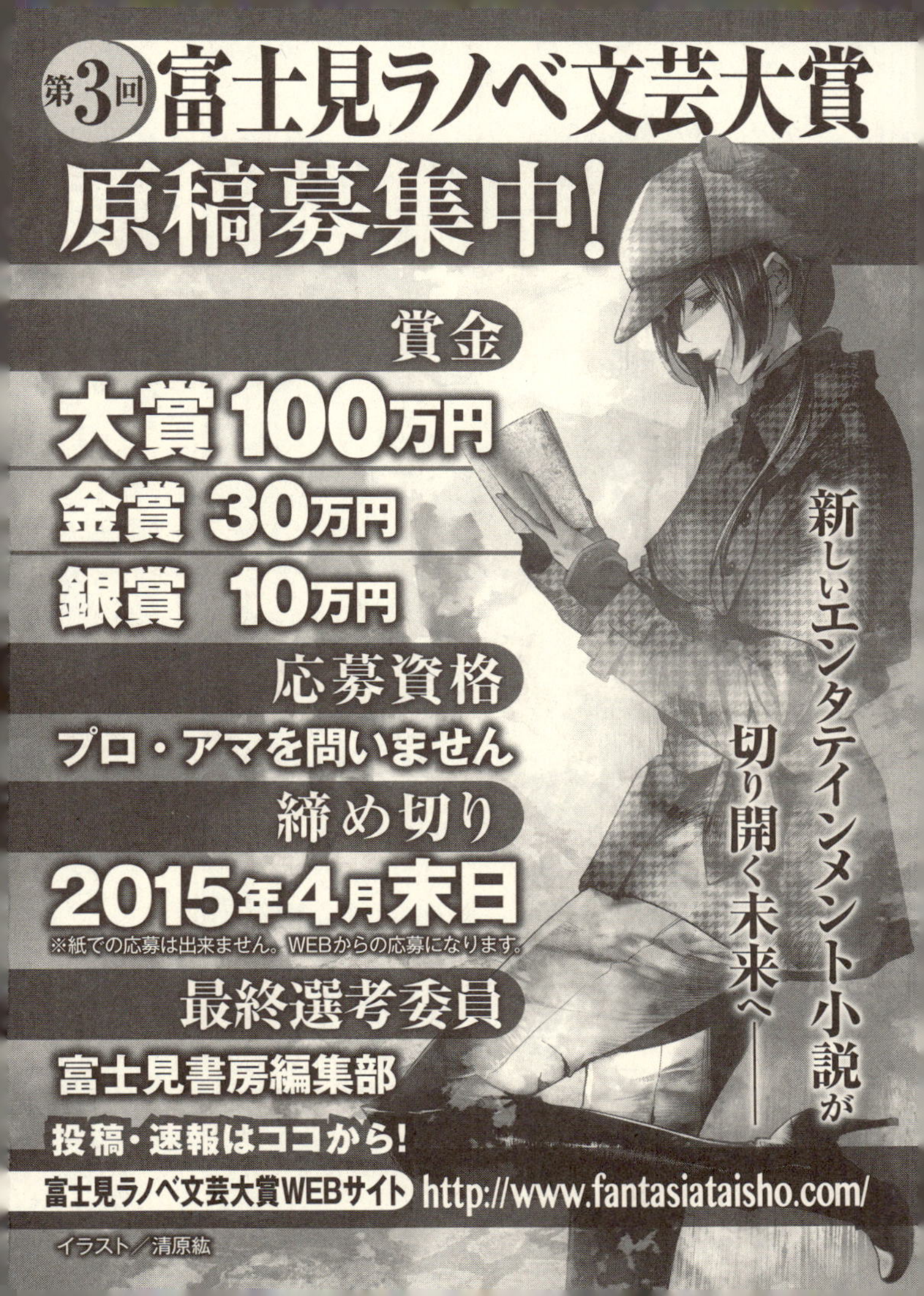
第3回
富士見ラノベ文芸大賞
原稿募集中!
賞金
大賞 100万円
金賞 30万円
銀賞 10万円
応募資格
プロ・アマを問いません
締め切り
2015年4月末日
※紙での応募は出来ません。WEBからの応募になります。
最終選考委員
富士見書房編集部
投稿・速報はココから!
富士見ラノベ文芸大賞WEBサイト http://www.fantasiataisho.com/
新しいエンタテインメント小説が
切り開く未来へ――
イラスト/清原紘